為何我的世界被遺忘了？

細音啓

Illustration | neco

Vol. 6

Phy Sew lu, ele tis Es feo r-delis uc l.

The Beast to Punish The Founder

天魔之夢

Kadokawa Fantastic Novels

MAP

世界地圖

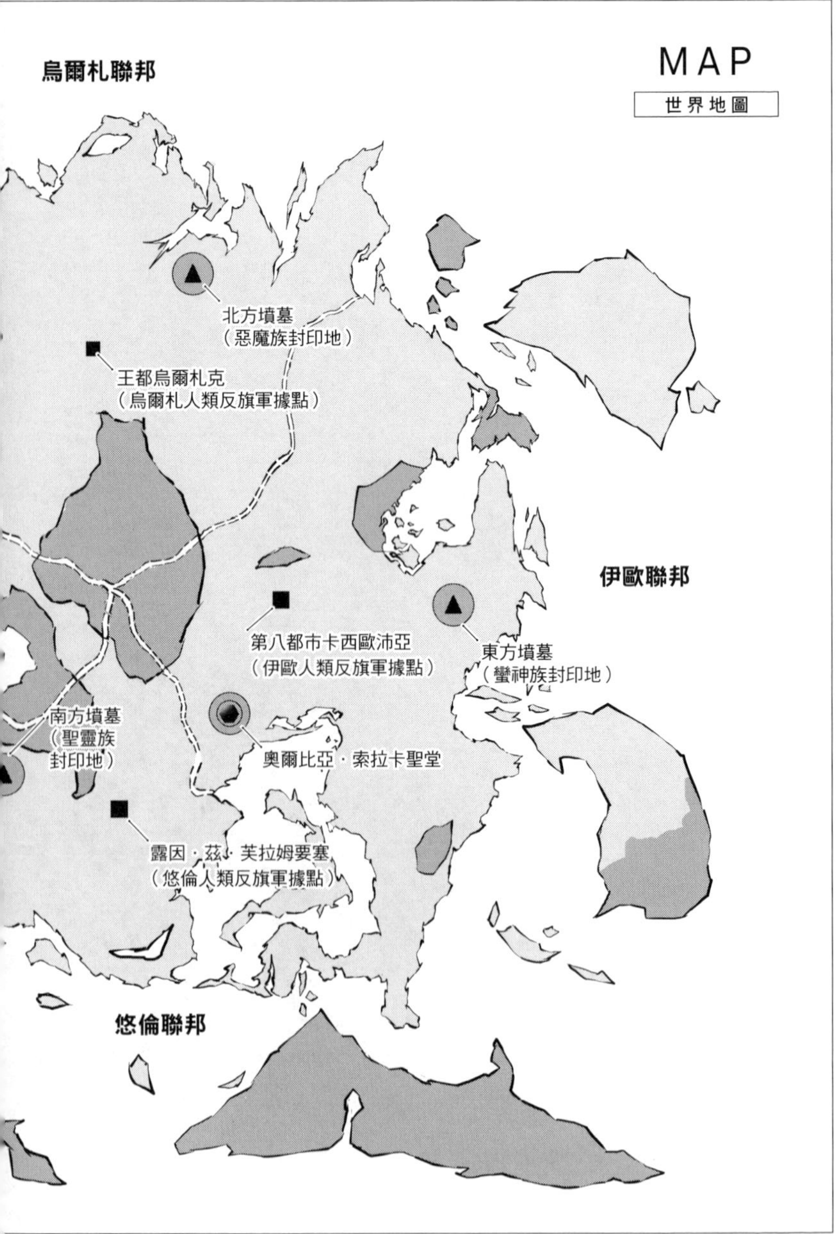
烏爾札聯邦
北方墳墓
（惡魔族封印地）
王都烏爾札克
（烏爾札人類反旗軍據點）
伊歐聯邦
第八都市卡西歐沛亞
（伊歐人類反旗軍據點）
東方墳墓
（蠻神族封印地）
南方墳墓
（聖靈族
封印地）
奧爾比亞・索拉卡聖堂
露因・茲・芙拉姆要塞
（悠倫人類反旗軍據點）
悠倫聯邦

修爾茲聯邦
舊王都拉克賈爾・夏
（幻獸族的巢穴）
學術都市倫・朱
庫連馬德魯電波塔
（修爾茲反旗軍據點）
鐵屑之都亞基特
國境
領土
無主地（不在四種族支配下的場所）
包含沙漠、高山地帶、冰雪地帶等眾
多祕境

Characters

登場人物

World | Phy Sew lu, ele tis Es feo r-delis uc l.

凱伊

是唯一知曉「正史」世界，遭世界遺忘的少年。繼承了英雄希德的劍與武技。

雷蓮

自尊心強的精靈巫女。和凱伊等人共同行動。

阿修蘭

在「正史」世界是凱伊的同事之一，在「別史」世界則是強壯的傭兵。

拉蘇耶

幻獸族英雄。與切除器官融合，企圖改變世界。

阿凱因

這個世界的希德之一。外號「傭兵王」。

鈴娜

天魔少女。原沉眠於不應存在於「別史」世界的「惡魔墳墓」之中。

花琳

貞德的護衛，外號「龍戰士」。以高強的戰鬥力為傲。

巴爾蒙克

悠倫聯邦的能幹指揮官。視聖靈族為敵，不過……

凡妮沙

惡魔族英雄。在被凱伊擊敗時，告知他世界的謎團。

特蕾莎

這個世界的希德之一。外號「人類兵器」。

貞德

在「正史」世界裡是凱伊的青梅竹馬；而在「別史」世界裡則是有靈光騎士之稱，威望過人的指揮官。

莎琪

在「正史」世界是凱伊的同事之一，在「別史」世界則是性格依然平易近人的傭兵。

六元鏡光

聖靈族英雄。和凱伊他們站在同一陣線。耗盡力量，正在恢復中。

海茵瑪莉露

惡魔族的第二把交椅。擁有小惡魔般的個性，對凱伊抱持強烈的興趣。

希德

在「正史」世界是拯救人類的英雄。在這個世界被視為不存在的人。

少女看似天使。

少女也看似惡魔。

她的背上生有一對翅膀，翅膀根部是烏鴉般的漆黑色，但隨著翅膀向前延伸，其雙翼也逐漸染上新雪般的純白色。

黑與白的漸層。

一對同時具備惡魔與天使兩方特徵的翅膀，就這樣生於少女的背部。

那名少女大叫道：

「希德，不行！那傢伙從後面追過來了！」

「這裡是那隻怪物的住處嗎……！」

廣闊無垠的七彩雲海——

漫長的石頭道路飄浮在雲層間。我和神祕的少女，一同在跑了幾百公尺仍舊看不見盡頭的道路上逃跑。

——名為鈴娜的少女。

璀璨的金髮不是因為反射陽光才光澤亮麗，而是頭髮本身持續從內部散發光芒。

額頭及上臂隱約可見的發光圖紋，應該是來自聖靈族的。

翅膀上的羽毛像蠻神族裡面的天使，又像幻獸族。

到底是什麼？

這名少女到底屬於哪種種族？

儘管內心有無限的疑惑，卻沒時間給我思考。可怕的追跡者，正逼近拚命逃跑的我和少女。

『命運特異體■■■覺醒。對新世界的干涉危險性判斷為「最高」。』

『不可饒恕之人希德，侵入無座標界。』

『開始以切除器官進行封印——』

異樣的怪物經由石造的道路追上來。

明明是用爬行的方式移動，速度卻遠比全速奔跑的我和鈴娜快。

「走、走開！走開啦！」

鈴娜使用的雷法術，將切除器官轟到後方。

不過，雷電造成的燒傷馬上就被當成「從來沒發生過」，徹底痊癒的怪物重新爬起來，再度追向我們。

「各位預言神，到底是怎麼回事！」

這個畫面令人毛骨悚然。

我咬緊牙關抱怨道。

「受到你們的庇佑，我在大戰中獲勝了。你們不是說過，這個世界會變成沒有鬥爭的人類的世界嗎……！」

五種族大戰結束了。

我把四種族封印在墳墓，地面照理說會成為人類的樂園。

然而，這是什麼情況？

我誤入這個叫做「無座標界（Zero）」的奇妙空間——

正在跟於此處遇見的混血種少女鈴娜一起奔跑。後方是對我們窮追不捨的異形怪物。

「存在於此地的東西，我從來沒聽你們提過！你們故意瞞著我嗎……！」

大戰終結，為世界帶來的並非和平，而是人類從未遭遇的「未知」。

「希德，你看那裡！」

鈴娜指著的方向，有道發光的裂痕。

通往外面世界的門？說不定有辦法逃出去。然而，那是陷阱。在我們鬆懈的那瞬間。

黑影覆蓋住鈴娜的上方。

「——鈴娜！上面！」

「咦？」

黑色漩渦憑空而生。

怪物的觸手從漩渦伸出，襲向鈴娜。鈴娜連反應的時間都沒有，全身遭到拘束。

『捕獲命運特異體■■■。』

少女的悲鳴響徹四周。

『開始執行無座標化。』

上百乃至上千，無數的黑色漩渦出現，附著在鈴娜的全身上下。

然後消去。

跟用橡皮擦擦掉一樣，抹消鈴娜的身體。

「啊……啊？……不、不要……不要啊啊啊啊！」

鈴娜對我伸出手。

彷彿在求救。不過，連那隻手都被黑色漩渦覆蓋，消失得不留痕跡。我親眼看著少女的身體消失不見。

「————————到此為止！」

衝動凌駕了恐懼。

……在這個一切都蠻不講理的世界。

……即使眼前有隻超出常識範圍的怪物……那又如何！

我擁有世界座標之鑰。

在五種族大戰中，連強大的四英雄都抵擋不了的劍。我握緊陽光色長劍，朝抓住鈴娜的怪物揮下。

「放開那女孩！」

『命運改寫完畢。人類，你的任務已經完成。』

「什麼！」

聲音從頭上傳來。

我抬頭望向空中，看見比切除器官更加駭人的怪物。

『我是大始祖。』

跟鈴娜一樣長著天魔之翼的巨大怪物。

發出聖靈族的光輝。

身周纏繞惡魔族的邪惡瘴氣。

腹部底下的部位看起來像蛇，上面長著數不清的「眼睛」，瞪著下方的我。

『我可不能讓我的複製品逃掉。』

「你是誰！」

『你沒必要知道。』

怪物展開天魔之翼。

漆黑瘴氣及龐大的法力被暴風吞噬，強大的衝擊襲來，感覺全身的骨頭都斷了。

無法呼吸，連意識都消失——

「希德，希德！」

「……鈴…………娜……」

鈴娜漸漸被黑色漩渦吞沒。

我失去意識，被這個空間排除，最後聽見的是她的吶喊聲。

『……再見了，希德。』

『至少收下這份安寧吧。你不需要看見萬物盡毀的未來。』

World.1 Chapter: 決戰開幕

Phy Sew lu, ele tis Es feo r-delis uc l.

1

修爾茲聯邦，東部——

鐵屑之都亞基特安靜得如同廢墟。受到機鋼種的襲擊，所有居民都已經前往修爾茲人類反旗軍的據點避難。

留在亞基特的只有四個人。

只有凱伊及三名少女，於城裡的機械工房休息。在那間工房的休息室。

「……唔喵……呵呵，找到凱伊了～」

「嗯——凱伊，你就這麼喜歡我這個夢魔嗎？真是個壞孩子。」

「……呼……唔，凱伊，汝竟然如此熱情地凝視老身……這、這怎麼行。老身與汝可是不同種族…………」

少女們甜蜜的夢話有如輕聲細語。當事人正帶著幸福至極的表情睡得香甜。

穿著七件式和服的精靈族蕾蓮躺在正中央。

左邊是外表楚楚可憐的金髮少女鈴娜，右邊是背上長著一對黑翼的夢魔姬海茵瑪莉露。

蠻神族（蕾蓮）、混血種（鈴娜）、惡魔族（海茵瑪莉露）。

要是人類反旗軍的傭兵看到，肯定會目瞪口呆。

畢竟三個敵對種族如此毫無防備地睡在人類的休息室。

——沒有要醒來的跡象。

她們剛在藏在這座礦山的第五座墳墓，與機鋼種Mother B進行一場激戰。三人在戰鬥中所受的傷都尚未痊癒。

……贏得十分驚險。

……差點在機鋼種的巢穴全滅。

墜入夢鄉的少女旁邊。

凱伊緊盯著放在地上的機器人偶。

強化塑膠做的外殼已經拆掉。視線無法從鑲在內部，不停閃爍的ＩＣ晶片移開。

「然後呢……」

他用乾燥的喉嚨擠出聲音。

「你剛才說了什麼……！」

不用裝了。其實他根本沒必要回問。

從這塊晶片播出的聲音，凱伊可以一字不差地背出來。

『……先知希德，人們曾經這麼稱呼我。』

『這是扭曲了世界命運的大罪人的名字。我不會希望別人記住。』

「先知難道是指……開玩笑的吧……」

不是這個世界的希德。

因為人稱先知的希德，就凱伊所知只有一個人。

「是你嗎！正史世界的……獨自終結大戰的人就是你嗎！」

沒有回應。

這本來就是錄音。而且ＩＣ晶片也劣化得很嚴重。即使跪在地上把耳朵湊近機器人偶，也只聽得見嘰嘰嘰的雜音。

……它是我在這座山裡面的白色墳墓中找到的。

……在第六種族機鋼種當成巢穴的墳墓最深處。

先知希德是正史的人物。

別史世界的莎琪、阿修蘭、貞德不記得他。可是，為何只有先知希德的聲音還殘留著？

「……該不會是因為這具機器人偶藏在墳墓裡……？」

世界輪迴唯一的例外。

理由不明，但唯有用來封印種族的「墳墓」，在這個別史世界並未消失。

「希德的世界座標之鑰也留在惡魔的墳墓。理由跟那一樣嗎？」

跟希德之劍留在惡魔的墳墓一樣。

被棄置於白色墳墓的這具機器人偶，並未因為世界輪迴而消滅。所以ＩＣ晶片也保存了下來。

『這裡是人類的墳墓。』

『是大始祖隱藏的第五座封印領域。』

寒意再度竄過全身。

不能漏聽。真正的先知希德到底想留下什麼訊息？

「喂，快給我動！還有後續吧，拜託了，求你動一下……！」

凱伊抱起仰倒在地上的機器人偶。

他將音量壓到最低，以免吵醒鈴娜她們，呼喚故障的機器。

拜託再動一下。

因為先知希德想要傳達什麼。

「說起來……原來正史有第五座墳墓這種東西嗎！」

凱伊從來沒懷疑過。

四聯邦各一座，總共四座墳墓。配合得太剛好，他從未想過會有第五座墳墓。

『嗡————吵————』

這時，他聽見混雜在嚴重雜音的微弱聲音。

沙啞的老人聲音。

『……結束大戰的我，親眼見證人類文明在世界各地復興。可是……』

不是那清晰的口吻。

語氣凝重，滿是後悔與自責的情緒。

『某一天過後，我開始被不明的怪物襲擊。之後我得知，牠們統稱為切除器官。』

「切除器官！」

『我完全搞不清楚狀況。從來沒看過的怪物突然盯上了我。』

「————」

『我在跟牠們的戰鬥中，闖入一個奇怪的空間。在牠們稱之為無座標界的那個空間，發現了比切除器官更加神祕的存在。正確地說是少女……』

「少女？」

有切除器官的異空間。

在那裡發現的神祕少女。特徵酷似此時此刻於凱伊身後沉睡的金髮少女。

『我發現的少女，擁有在五種族大戰中交戰過的所有種族的基因。』

「是鈴娜嗎！不過，鈴娜見過希德嗎……？」

關於先知希德。

鈴娜本人是這樣說的。她知道人類裡面出了一個英雄，卻從未見過，只是知道有這個人。

「……兩人的記憶有矛盾之處？」

『不久後，我想到切除器官盯上我的理由。牠們憎恨我這個「竄改命運之人」。而名為鈴娜的少女擁有五種族的基因————基因————我————認為

————————————————』

雜音愈來愈大。

彷彿有「某人」躲在背後阻撓。彷彿有股怨念不想讓人聽見希德的留言。

「！怎麼在這種時候，拜託，再一下就好……！」

接著。

『五種族免於鬥爭的未來，其實曾經存在過吧？』

『身為五種族混血的她(鈴娜)，是否就是那個未來的象徵？』

聽見從ＩＣ晶片傳出的聲音，凱伊啞口無言。

無法呼吸，連眨眼都忘了。

『我在預言神的引導下戰鬥，封印了四種族。既然如此，「人類勝利的結果」，等於會將鈴娜誕生的未來破壞掉。』

「…………」

『切除器官的外觀，看起來有點像鈴娜……是不是因為我不小心破壞未來的關係，害本來跟鈴娜同種族的存在扭曲掉了？我開始這麼認為。』

鈴娜象徵著五種族共存的未來。

然而，先知希德創造的「只有人類獲勝的正史」消去了那個未來，導致鈴娜的同族從誕生前就改變了樣貌。

最後成了切除器官那副德行。

「……怎麼會……不對，等一下。」

他之前所在的正史呢？

連先知希德創造的「人類勝利的世界」都是錯誤的嗎？

聽起來是這個意思。

……別史的世界太過不自然，所以我跟鈴娜都想回到正史。

……連那個正史都不是真正的歷史嗎！

「希德！」

凱伊全力抓住機器人偶的肩膀。

眼前的這東西是機器。不是那個被譽為人類英雄的男人。儘管心裡明白這一點，凱伊還是控制不了這股衝動。

「我一直在追隨你的背影……」

他咬緊下唇。

「從在惡魔墳墓被你的劍救了一命的時候開始。你拚上性命戰鬥，為人類帶來勝利，我覺得很驕傲……」

在正史跟貞德閒話家常的內容浮現腦海。

『凱伊老是把「看守墳墓是我的義務」掛在嘴邊。』

『那已經是好幾年前的事了呢，凱伊忽然嚷著說「我看見希德的劍了」。那是我們才十歲左右的事吧？』

他一直相信，那樣的人生態度是正確的。

現在竟然要說那是虛假的嗎？

『我不認為我站上戰場，為世界帶來的結果有錯。許多人類因此得救。人類接受人類的和平有什麼錯？我這麼認為。』

「……你的意思是，我所生活的正史世界不是錯誤的？」

『不是錯誤的。但我不知道稱不稱得上理想。』

「！」

胸口傳來被刀刃刺中的痛楚。

沒錯。說得沒錯。

正史的凱伊接受了只屬於人類的和平，在這個別史世界遇見四種族後，隱隱約約感覺到的異樣感。

由希德這番話一語概括。

「……嗯……我懂。」

他咬住嘴脣。

他在正史的人類庇護廳，學習到五種族展開了一場血淋淋的大戰。

那是其中一個事實沒錯。

不過。

他同時也覺得，命運說不定會因為認識方式和相處模式不同，而有所改變。

「因為，這是事實。你應該看不見，蠻神族和惡魔族可是在我背後跟鈴娜親暱地睡在一起喔……」

三名種族各異的人，發出可愛的呼吸聲睡得很熟。

鈴娜也是。蕾蓮也是。海茵瑪莉露也是。

看見這平靜的睡臉。

誰會覺得她們是敵人？

『這僅僅是我的懺悔。封印四種族的男人，因為遇見那個名為鈴娜的少女而產生罪惡感，在傾訴心情罷了。沒有任何價值……不過只有一件事，我想傳達給後世。』

他接著說道。

『別相信預言神。』

「──什麼！」

『我原本是想拯救鈴娜的，卻被自稱大始祖的怪物妨礙。』

「大始祖……你果然知道大始祖嗎！」

拉蘇耶說得沒錯。

那名獸人說過。五種族大戰並非自然發生，是被大始祖這個歷史的支配者煽動的。

『大始祖可能是其中一位預言神。預言神知道鈴娜這名少女的存在，並且阻礙她得到自由。』

「那個預言神阻礙你救出鈴娜？」

仔細回想吧。

希德認識鈴娜。他說自己曾經想拯救她。

鈴娜本人卻對他沒印象，這個矛盾之處如果是因為某人的妨礙，就說得通了。

……希德恐怕才是正確的。他見過鈴娜。

……他想救出鈴娜，被大始祖阻撓。既然如此！

鈴娜忘記了「希德」。

不，是有人讓她忘記。

因此在凱伊重新將她救出前，鈴娜一直被關在那個空間。

『我再說一次。我不會說我創造的這個時代是錯的。但別相信預言神。他們是虛假的神明。』

凱伊最先想到的是祈子阿絲菈索拉卡。

以石像的形式佇立於藍色聖堂的溫柔女神。那位預言神是策畫五種族大戰的元凶？

『————』

「喂、喂！該不會壞掉——」

凱伊將手伸向沉默的ＩＣ晶片。

就在這時。

熟悉的男聲女聲從屋外傳來。

「凱伊，你在哪！」

「凱伊，在的話就出個聲！鈴娜和蕾蓮，呃，那個惡魔也是，如果妳們在屋子裡面，快點出來啦！」

「！莎琪，還有阿修蘭！」

是人類反旗軍的兩位士兵。

同時也是凱伊在正史世界的好友。

「唔……在吵什麼～」

「怎麼了——？天亮了嗎？我還想繼續睡……」

「哎呀呀，我正好作了個好夢呢。是誰吵醒我的？」

躺在地上的三名少女睡眼惺忪地坐起身。

凱伊走向看起來還很睏，揉著眼睛的鈴娜。

「咦？凱伊，你已經起床啦？」

「……嗯。我不是負責守夜嗎？本來想在途中換班，可是妳們全都睡死了。」

換個角度想。

正因為她們三個睡得很沉，凱伊才有足夠的時間調查機器人偶。

……該怎麼做？

……剛才那段希德的錄音，我該跟她們講多少？

鈴娜這個混血種是在何時何地誕生的。她的起源無人知曉。

凱伊也是，鈴娜本人也是。

希德則藉由切除器官的外觀及行為舉止，推測出鈴娜的祕密。

五種族相安無事的未來，曾經存在過。

鈴娜是否就是象徵那個可能性的女孩？

……不過，那是希德的推測。沒有明確的根據。

……不能在這麼多人面前說。

鈴娜帶著一臉沒睡醒的表情，低頭看著腳邊的機器人偶。

「欸，凱伊，修得好這臺機器嗎？」

「損傷嚴重，沒辦法輕易修好。這個ＩＣ晶片大概也得花一段時間才能修復——莎琪、阿修蘭。」

凱伊朝工房外呼喚。

準備走向廣場的兩人聽見凱伊的聲音，回過頭。

「哦？凱伊，原來你在那！」

「太好了。咱們很擔心耶！聽說你們被類似機鋼種頭目的東西襲擊，統統受了傷，人家超焦慮的！」

「嗯，好不容易撿回一條命。」

莎琪和阿修蘭的任務，是載亞基特的居民去跟修爾茲反旗軍會合。

他們應該是完成任務後，又急忙趕回這裡。

「對了，有件事想拜託你們。我想把古代機器人偶搬到車上，可是它滿重的。」

「嗯？機器人偶？」

「是很重要的機器。一個人搬太重了，我怕摔到它。」

「拿你沒辦法。把東西搬完就快點回去吧。莎琪，妳也來幫忙。」

阿修蘭搔著後腦杓說。

「趕快撤離這種地方。無人看守的空城，幻獸族什麼時候出現都不奇怪。」

2

偵察戰鬥車駛下礦山。

這是在搬運車外加裝裝甲，搭載機關砲的重裝備車輛。不久前，亞基特的難民還坐在這輛車內。

「就——說——了——！人家超緊張的。咱們跟修爾茲人類反旗軍派來接人的車輛會合，在讓居民改坐那輛車的時候，地平線冒出疑似幻獸族的黑影！發出沙塵逼近這邊！」

「沒事吧……？」

「嚇死人了！人家和阿修蘭和幾十個市民都怕到哭出來……噢，幸好驚險地逃過一劫。」

「那就好。」

滔滔不絕的莎琪坐在後座。

莎琪旁邊坐著鈴娜、蕾蓮、海茵瑪莉露，她們正坐在座位上熟睡。

「喂，莎琪。別打擾凱伊啦。本來就因為鈴娜小妹她們在睡覺的關係，缺人手戒備周遭了。」

在駕駛座開車的人是阿修蘭。

他面色嚴肅，盯著玻璃窗後面的遼闊草原。

「要是在回程遭受襲擊，那可不是鬧著玩的。畢竟你們又不是把所有的機鋼種都破壞掉了。對吧，凱伊？」

「嗯。我想只是暫時停止運作而已。」

明確破壞掉的只有Mother B一隻。

凱伊他們看到剩下的機鋼種統統停止運作，就逃出了白色墳墓。因為他們光是逃跑就已經費盡了全力。

「我們當時只顧著逃。你看後面那三個就知道了。要是留在那裡，如果還有會動的機鋼種，只能等著全滅。」

「說得也是。」

阿修蘭嘆了口氣。

對話到此為止。偵察戰鬥車繼續前進，凱伊和莎琪監視著地平線，過了約一小時——

阿修蘭的通訊機突然響起。

「哦？可能是修爾茲人類反旗軍本部。我手沒空，凱伊幫我接一下。」

「好——這裡是烏爾札人類反旗軍。」

『是我。』

充滿威嚴，帶有磁性的聲音於車內迴盪。

應該是指揮官貞德的護衛花琳。聽見她的聲音，莎琪和阿修蘭立刻繃緊神情。

「呃，花琳大人！凱伊，人家要忙著注意外面的狀況！」

「喂，凱伊，交給你了！我也要忙著開車！」

『……我不是來訓話的。』

花琳的嘆氣聲傳來。

『算了。是你嗎，凱伊？』

「……是的。他們兩個都在忙。」

『修爾茲人類反旗軍本部剛剛聯絡，鐵屑之都的居民已經平安抵達。辛苦你們了。』

「不會。那邊的狀況，莎琪也有跟我提到。」

他們是從本隊分離出來的別動隊。

由貞德率領的烏爾札人類反旗軍，和獅子王巴爾蒙克率領的悠倫人類反旗軍結成聯合軍，往西方前進。

目的是與傭兵王阿凱因會合。

……傭兵王的目的地是幻獸族的巢穴。

……完全是單獨行動。

跟幻獸族戰鬥的時候，傭兵王阿凱伊的部隊會是珍貴的戰力。

不能在這時分散人類的戰力。這是獅子王巴爾蒙克的意見，凱伊也不反對。

然而。

……我怎麼想都覺得很奇怪。這個世界的希德——

……我有辦法發自內心跟那個男人並肩作戰嗎？

希德是人類的英雄——

試圖領導人類在五種族大戰中獲勝的人。那是正史和別史的共通點。

『我要殲滅這個世界除了人類以外的所有種族。』

那男人當著凱伊的面宣言。

那是全世界的人類反旗軍的宿願。實際上，正史肯定就是如此。

不過。

自己（凱伊）知道正史的希德結束那場戰鬥後，陷入了苦惱之中。

『五種族免於鬥爭的未來，其實曾經存在過吧？』

……因為自己照著預言神鋪好的路行走，結束了大戰而煩惱……！

……先知希德在煩惱。

所以凱伊才無法做出選擇。

要跟這個世界的希德聯手，和正史一樣以結束大戰為目標。

還是重新思考先知希德留下的訊息？

『我們尚未與傭兵王會合。』

帶有磁性的嗓音，打斷凱伊的思緒。

「我只有聽莎琪說，他不在當成集合地點的軍營。」

『我就是來通知你們後續消息的……貞德大人？』

聲音中斷。

細微的聲響過後，指揮官英氣十足的聲音傳來。

『凱伊，是我。抱歉，這麼晚才聯絡你們。』

通訊對象從花琳變成貞德。

『先告訴你這件事。我們決定不去找阿凱因先生了。』

「？出了什麼意外嗎？」

『他的目的地是牙皇所在的火山湖。雖然查明了這件事，那座山上恐怕會爆發一場激戰。由於太過危險，我們不得不撤退。』

貞德語帶不悅。

這句話代表的意義，凱伊想到一個可能性。

「貞德，該不會是冥帝吧？」

『！原來你知道？』

「我也是剛剛才得知。有人告訴我那傢伙還活著。」

『……夢魔姬說的？』

「對。可是海茵瑪莉露睡著了，現在沒辦法跟她說話。與其說睡著，不如說她受了難以保持清醒的重傷。」

『……是嗎？那傢伙竟敢瞞著我們。』

貞德嘆了口氣。

『我再說一次，我們所在的死火山應該會發生三方混戰。我也知道這是個強人所難的要求，可是凱伊，你有辦法過來跟我們會合嗎？』

「我們幾個嗎？」

『沒錯。雖然有危險，我認為這是打倒牙皇的絕佳機會。』

三方混戰指的是三英雄吧。

為了打倒牙皇拉蘇耶，冥帝凡妮沙和靈元首・六元鏡光往那裡移動了。

……我們也趕過去助陣。包含鈴娜跟夢魔姬（海茵瑪莉露）。

……這是貞德所想的討伐牙皇的流程嗎？

確實有勝算。

既然兩位英雄在這個地方，把戰力集中在那裡，或許有可能打倒牙皇。

『我等——我們在死火山的山腳等你們。』

「啊……貞、貞德大人，請等一下，這輛車撐不住啦！」

阿修蘭坐在駕駛座大叫。

「開回修爾茲人類反旗軍的本部就是極限了。它一直沒換電池，肯定會在草原正中央遇難。輪胎也需要換！」

『……說得也是。哎呀，真是明智的判斷，阿修蘭上等兵。』

「照這個速度，我們會在傍晚抵達修爾茲人類反旗軍本部。若要在那邊把車子檢查一遍……」

『不勉強。以各位的安全為最優先。』

指揮官貞德乾脆地說。

『那麼——』

通訊中斷。

在那之前，凱伊聽見貞德如同自言自語的呢喃。

『不會放過這個機會。我們必須拿出全力，打倒拉蘇耶。』

3

火山湖。

過去有一座海拔兩千公尺高的火山噴火，火焰持續燃燒了三天三夜。

偉大神明的怒火——

古人仰望著熊熊燃燒的火山，畏懼不已。

火山爆發平息後。過沒多久，附近長出茂盛的原生林，成為幻獸族的新巢穴。

在「神山」的山頂。

能夠俯瞰蔚藍火山湖的這塊土地。

「哈哈！」

紅蓮獸人晃著尾巴，笑得抖動雙肩。

——牙皇拉蘇耶。

率領幻獸族的這名英雄，是身為火焰化身的紅獅子。

「果然沒那麼順利。少了最後一塊碎片，就無法把那個可恨的希德說的預言拼湊在一起了。」

正史的五種族大戰結束後。

先知希德前往四大墳墓，分別向他親手封印的四位英雄留下近似懺悔的預言。

將分成四個部分的預言託付給四種族的英雄，一人一個部分。

到此為止他都沒有懷疑。

麻煩的是，現在這裡只有三位英雄。

『是你害的。』

出聲的是以透明的藍色身體為特徵的黏稠生物。

聖靈族英雄——靈元首・六元鏡光。

『是你用背後的切除器官，消滅了主天艾弗雷亞。』

「我嗎？這誤會可大了，六元鏡光。」

紅蓮獸人大聲地一笑置之。

「沒人能夠命令切除器官。我也只有使喚牠監視天使的首領。從來沒叫牠動手。對吧，冥帝？」

「————」

夢魔挑起一邊的眉毛。

「妳的話應該會知道。被切除器官盯上，差點消失的妳。那東西是監視英雄，一有機會就會發動攻擊的怪物。不受任何人的控制。」

「那不重要。」

夢魔冷笑著說。

惡魔英雄雙臂環胸，撐起呼之欲出的豐滿胸部，微微揚起紅潤的雙唇。

「主天都消失了，事到如今講這些也沒用。」

「哦？惡魔這種生物真冷漠。」

「朕嗎？哈哈，是啊。朕沒什麼耐性，對好奇心倒是頗有自信。既然謎題只剩一個，慢慢解開即可。」

短短數分鐘前。

三位英雄對彼此坦誠了希德所說的預言片段。

『希德對鏡光說「會發生」。』

『希德對朕說「會來」。』

『希德對我說「存在」。』

世界輪迴「會發生」的警報。

——收到這個預言的六元鏡光，在世界輪迴中依然能保留記憶。

切除器官「會來」的未來。

——收到這個預言的冥帝，被託付了世界座標之鑰，作為對抗切除器官的手段。

大始祖「存在」的事實。

——收到這個預言的牙皇，試圖找出引發五種族大戰的元凶。

還有最後一個。

只有希德告訴主天艾弗雷亞的預言不得而知。

「推測最後一個預言的時間，要多少有多少。」

冥帝凡妮沙的指尖指向獸人。

「等消滅你之後。」

「哈哈，原來是這樣。湊到了三個預言。最後一個預言不是不可能推測出來。不過冥帝，活下來的可不是妳喔？」

獸人眼中亮起無畏的光芒。

假如人類反旗軍的傭兵在場，面對這令人喘不過氣的災厄氣息，八成會立刻昏倒。

『鏡光也沒意見。』

相對的——

靈元首．六元鏡光也散發平靜的威壓。宛如冬季結冰的湖面。

三英雄的激戰揭開序幕。

炎花綻放。

鮮紅花朵於神山的山峰盛開，無數火花噴出，連天空都能燒成一片焦黑。

——開始了。

三英雄的激戰。

噴出的火焰分不清是冥帝凡妮沙的法術、紅獅子拉蘇耶的鬥氣，抑或六元鏡光的力量。

無論如何，是強大且神聖的火焰。

如同太古的火山爆發。就算集合全世界的人類反旗軍的火器，想必都無法製造出如此猛烈的火焰氣流。

然而在山頂遙遠的下方——

無數火花從天而降的山峰中腹，「兩名希德」毫不畏懼烈火，瞪著對方。

「循著氣味找到這了嗎，特蕾莎？」

傭兵王阿凱因・希德・柯拉特拉爾。

五官深邃，眼神銳利。聲音散發王者般的威嚴，帶有足以使他人屈服的魄力。

那名男子的視線前方，站著一名神情冷淡、惹人憐愛的少女。

「循著氣味？把人講得跟野獸一樣，我聽了可不會高興。我只是照著預言神所說，走過來而已。」

「特蕾莎啊，三英雄（那些傢伙）由我肅清。由我和光帝伊夫。」

「你想命令我嗎？阿凱因，看來你還在誤會。」

回答他的是身穿黑色長袍的少女。

特蕾莎．希德．菲克。

擁有預言神賜予的神祕力量，因此以「人類兵器」這個綽號為人所知，與可愛的長相及柔弱、楚楚可憐的少女氣質形成反差。

「這個世界的希德是我。我和命運龍密斯加謝洛會開創人類的新時代。沒錯，我才是被需要的。」

「憑那只是由命運龍給予的聖痕嗎？」

「你想挑釁我？那我勸你最好注意一下措詞。」

氣氛不只是險惡，而是敵意。

雙方的目光、語氣、全身散發出的氣勢，再再訴說著兩人的關係。

——這個世界只有一位希德。

不需要兩個人。只能讓其中一人退場。

『這個時代的希德們啊，無須著急。』

『汝等的勝利近在眼前。人類的時代即將開幕。』

兩股巨大的氣息浮現。

傭兵王阿凱因背後，是如同聖光閃耀著的老人胸像。

人類兵器特蕾莎腳下，巨大的龍影瞬間膨脹。

兩者都呈現半透明。

就像聖靈族的幽靈，沒有完全化為實體，身影是透過去的。

『阿凱因，還有特蕾莎啊。如同你們無法共存，山頂的英雄們也不可能共存。他們會互相殘殺。』

『正是。等待他們耗盡力量即可。黎明之時應該就會結束。』

等待時機來臨。

只要在天亮時前往山頂，解決掉留到最後的那位英雄就行。如此一來，人類的時代便會揭開序幕。

迎接跟正史的五種族大戰相同的命運——

World.2

Chapter:

先知希德的預言

Phy Sew lu, ele tis Es feo r-delis uc l.

1

聯邦南部——

修爾茲人類反旗軍的據點「庫連馬德魯電波塔」。五公尺高，被厚重圍牆包圍的地區映入眼簾。

車子在草原連續行駛了四小時。

負責開車的阿修蘭，因為疲憊不堪的關係面無血色。

「我不行了！就算是我也撐不下去……好想快點下車洗澡，也好想喝水。是說再不小睡一下我會昏倒喔！」

「怎麼，真沒用。」

蕾蓮從後方往駕駛座探出頭。

經過充分的休息，這位精靈似乎徹底打起精神了。

「汝不就只是握著那個叫方向盤的東西嗎？老身完全無法理解，開車這種行為究竟哪裡累人。」

「對呀。看起來只是一直坐著。」

「我也覺得。阿修為什麼會累？」

其他種族的少女接連探頭。

夢魔姬和鈴娜也剛好醒來，兩人臉上都恢復了血色。不如說，她們似乎有點太有精神。

「阿修蘭啊，老身不介意代替汝駕駛。」

「……駁回，我還想活命。快到了，求妳們安分點。」

車輛開進人類反旗軍的據點。

蕾蓮她們熟睡時還是深藍色的天空，如今太陽也快要沉入綠色的大海，電波塔染上濃烈的暗紅色。

「好。接下來只要把偵察戰鬥車停在整備場就行。」

「唔？到了嗎。果然很快嘛。」

「根本沒多久。這點小事就在哀聲嘆氣，人類真沒用。」

「我應該也能開。」

「……雖然妳們三個異口同聲地這麼說，開車也會消耗體力喔。畢竟要擔心幻獸族會不會突然冒出來，我整個人累癱了——」

「老身精神很好啊。」

「我也處於萬全狀態。」

「我也是——」

「妳們一直都在睡好不好！當然很有精神！」

阿修蘭大聲哀號。

「喂，莎琪，幫我唸她們幾句！」

「……辦不到。我也累了。」

「那凱伊！」

「阿修蘭，整備場的入口過了。」

「早說啊！」

緊急煞車。

車子差點撞進人類特區的民宅，坐在駕駛座上的阿修蘭深深嘆息。

「……好，休息。晚上再出發。去跟貞德大人的部隊會合。」

2

庫連馬德魯電波塔，內部——

人類特區耿加．伊。

只留下兩座電波塔，剩下統統改建成民宅的居住區。

蓋了五公尺高的水泥牆以迎擊幻獸族，牆上的窗戶設置了一整排機關砲。

「哦？同樣是人類的都市，這邊卻跟烏爾札聯邦不同呢。武器比較豪華，發動侵略應該會很有趣。」

「別鬧事啊。」

「好好好。下次再說。」

海茵瑪莉露收起翅膀，光明正大走在人類特區的街上。

看見陌生的少女，而且還變化成絕世美少女的夢魔姬的微笑，男性居民一個個轉過頭，儼然是戲劇中的一幕。

「啊啊，好想露出真面目。人類知道我是惡魔，肯定會很驚訝。對吧，蠻神族（精靈）？」

「話先說在前頭，老身會裝作不認識汝。」

「我也是。」

鈴娜和蕾蓮走在海茵瑪莉露旁邊。

兩人緊盯著她，因此夢魔姬也沒辦法自由行動。即使如此，這個惡魔好像還是對人類的城市深感好奇。

「哎呀，對面那個是加農砲嗎？我在烏爾札的據點看過。哦？它們朝著空中，意思是要警戒來自上空的偷襲嘍。是在防備疾龍嗎？」

「妳真是好奇心旺盛。」

「這就叫為將來著想吧？這座聯邦這麼大，擊垮幻獸族之後，惡魔族應該也能分到一部分的土地。」

若能排除幻獸族，修爾茲聯邦將成為一大塊空地。

這麼快就在想像那個未來，真是符合惡魔個性、忠於慾望的思考模式。

「夢魔啊。」

「哎呀，找我有什麼事？妳竟然會主動向我搭話，真難得。」

海茵瑪莉露轉過頭。

將走在右側的蕾蓮從頭到腳審視一番。

「怎麼了嗎？」

「汝不擔心嗎？惡魔的首領搞不好會在火山湖與拉蘇耶交戰。或許已經開戰了。」

「嗯。附帶聖靈族的六元鏡光對吧。想必會打得不可開交。」

「汝為何如此冷靜？」

凱伊都急著跟貞德會合了——

夢魔姬海茵瑪莉露應該要趕到冥帝身邊，對付幻獸族才對。

……沒錯。我也很在意。

……我們想得一樣。

若蕾蓮沒問，這個問題可能會由凱伊問出口。

「唉……蠻神族果然很笨。」

「何出此言！」

「趕著過去也沒意義。妳懂嗎？凡妮沙姊姊大人現在要做的不是戰鬥，是『互相消耗』。盡量消耗那傢伙的體力，逼他亮出所有手牌，掀開他的王牌。我們在那之後才會前去會合。」

「……唔。」

「我想想，應該得耗掉一整晚。所以提早到也沒用，不必那麼急。」

夢魔姬停下腳步。

朝染紅的天空伸出手，像在做柔軟體操一樣彎曲身體。

「所以今晚我想好好休息。都是因為那個叫機鋼種的東西，害我難得受傷了。我非常不喜歡自己的血黏在肌膚上的感覺。欸，凱伊，沒有地方可以洗澡嗎？」

「忍耐一晚吧。」

「啊，對我這個態度呀？不然要我在這邊洗澡也行喔？這樣好嗎？要是我在這脫光，整座城市的人都會陷入類似洗腦的狀態喲。那我要脫嘍——」

「不要真的脫啊！喂，等一下！」

凱伊拿出全力抓住海茵瑪莉露的手。

因為她穿著烏爾札人類反抗軍的衣服，卻喜孜孜地開始在大街上解開胸前的釦子。

確實是夢魔會做的事。

阻止她反而會造成反效果，說不定還會做起更刺激的行為。

「……知道了。是我輸了。人類反旗軍的宿舍有浴池，去那邊洗吧。」

「啊，我我我！凱伊！我也想去洗澡！」

鈴娜激動地舉手。

蕾蓮也在旁邊頻頻點頭。

「老身也是。身為精靈族的巫女，得常保身體清潔。」

「我好擔心……」

惡魔族、蠻神族和混血種。

全都不是人類。她們要一起使用人類反旗軍的大浴池，凱伊不安到了極點。

「先提醒一下，要隱藏身分喔。萬一妳們在浴池被一群傭兵看到，連我都沒辦法幫妳們說話。」

「聽見沒，鈴娜？若汝的翅膀被人看見，那可不是鬧著玩的。」

「不是我啦。惡魔也有翅膀呀。」

「哈。比起我，這個精靈比較需要擔心吧。希望妳的長耳別露出來。」

「……我是在跟妳們三個說。」

頭開始痛了。

不曉得是因為疲憊，還是因為三人吵起架來了。凱伊自己也搞不懂，大嘆一口氣。

修爾茲人類反旗軍，宿舍。

由高聳電波塔的其中一座基地台改造而成。西方（修爾茲）的傭兵都住在這裡，現在還加上北方（烏爾札）及南方（悠倫）的聯合軍。

宿舍一樓——

更衣場後面的浴室瀰漫著白色蒸氣。

原本是戶外浴場用的設施。用金屬支架固定住藍色塑膠布，做出四方形的浴池，在裡面放水，再用鍋爐加熱。

儘管浴室相當簡樸，但水電在人類特區屬於珍貴的資源，泡澡可以說是為數稀少的奢侈行為。

「哎呀——太棒了。又活過來了——」

莎琪聽著自己的回音，伸長四肢懶洋洋地癱在浴池內。

足以容納二十人以上的浴池，由自己獨占。多麼心曠神怡啊。

現在是黃昏時分——

從鐵屑之都亞基特歸來，等等又要立刻啟程，因此她獲准一個人提早入浴。

「啊啊……四小時後又要離開了，雖然還想補個眠，泡澡果然是必備的。」

莎琪也是個花樣年華的少女。

流汗的話會在意，臉被塵土弄髒也會想洗乾淨。那是她維持精神安定的訣竅。

「呼……一個人泡澡真好。大部分的時候都是跟花琳大人一起洗，所以沒辦法放鬆，而且自己洗也不會忍不住跟別人比來比去。」

男性傭兵八成不知道。

貞德的護衛花琳怎麼看都是一名戰士，但她其實是「穿衣顯瘦型」。第一次看到她脫衣服的時候，莎琪甚至懷疑自己的眼睛是不是出了問題。

順帶一提，莎琪是「如外表所見型」。

女性性徵似乎成長得比較慢。

「呵、呵呵……沒關係。現在浴池由人家獨占。這一刻，人家是最大——」

「哎呀？什麼東西最大？」

「呀啊啊啊啊——————————！？」

「敵人」的聲音在浴室響起，莎琪發自內心尖叫出聲。

啪噠。

「有人」踩在溼掉的地上走過來。

水蒸氣的另一側——

是一絲不掛的夢魔姬海茵瑪莉露。

她彷彿要展示自己豐滿的裸體，低頭看著泡在浴池裡的莎琪，慢步走近。

「停、停下來，不要靠近人家！人家就是不想跟妳一起洗澡。在各種意義上！」

「別這樣說嘛，莎琪。我們都這麼熟了。」

令人稱羨的豐胸，以及從纖細的腰部附近突然翹起的臀部，是多麼妖媚。

她的身體曲線美到光是隔著水蒸氣看見，莎琪就忍不住屏住呼吸。

「哎呀呀，莎琪真可愛。妳在怕什麼？」

「別、別過來！」

惡魔踏入浴池。

於水中行走，接近遮住胸部的莎琪。

「妳在遮什麼？明明沒東西可以遮。」

「有、有啦！有一點！」

「好可愛。玩弄妳真的很有成就感。要不要抱緊妳呢？」

「不要啊啊啊！」

莎琪試圖逃走，卻從身後被一把抱住。

背部感覺到雙峰的壓力，莎琪這次確確實實感受到壓倒性的差距。

「……這、這就是夢魔的肌膚嗎……！」

「喂，夢魔，汝在搞什麼鬼。」

「啊，住手，惡魔！放開莎琪！」

蕾蓮跟鈴娜從蒸氣後面走來。

蕾蓮看了被夢魔姬抓住的莎琪一眼，率先氣得大罵：

「這隻夢魔還不明白嗎？汝總是以自己豐滿的身軀為傲，其實只是長太多贅肉罷了。」

「哦？原來沒胸的精靈連腦袋都沒有。」

「沒胸又如何！是汝那過度發育的身體太過淫蕩！」

蕾蓮在浴池前面堂堂正正地指向惡魔。

看來在身體曲線平滑，男女差異也不大的精靈眼中，人類和夢魔凸起的胸部及臀部叫做贅肉。

蕾蓮本人也屬於人類的兒童體型。

「老身和莎琪的體型才是最完美的。」

「我也包含在內嗎！我果然是精靈體型，感覺好複雜！」

「懂了沒，可惡的惡魔！」

精靈巫女大聲說道。

夢魔姬卻抱住莎琪，臉上依然掛著從容不迫的笑容。

「哼哼，是這樣嗎？既然妳這精靈想以量取勝，鈴娜，妳就是我的同伴嘍。」

「咦？」

被惡魔指名，鈴娜本人睜大眼睛。

眾人的目光集中在鈴娜身上——

鈴娜本來就長得可愛，現在因為水蒸氣溫暖了身體，臉頰微微泛紅，顯得比平常更惹人憐愛。除此之外，赤裸裸的身軀還具備與纖細身材形成對比的豐滿雙峰。

「所以我和鈴娜就是同伴嘍。」

「咦……」

「別露出那麼不甘願的表情嘛。凱伊一定也比較喜歡妳的身體。不然我教妳能把凱伊迷得團團轉的珍藏祕技好了？」

「把凱伊迷得團團轉？那、那我可以跟妳一國！」

「慢著————！」

蕾蓮拚盡全力介入兩人的對話。

「這話老身可不能當沒聽見！什麼把凱伊迷得團團轉啊。那、那個……凱伊是人類吧。未必喜歡有胸的！」

「哼哼，他一定更喜歡我和鈴娜這種。對不對，鈴娜？」

「……嗯、嗯！我也覺得凱伊會喜歡我的身體！我脫光的時候他總是會臉紅！」

「太早下定論了！」

三名少女把肩膀泡進浴池，互相牽制。

看著這可愛的戰爭——

「……那個，人家先走嘍。」

莎琪偷偷跑出了浴室。

3

太陽下山。

夜幕低垂。

庫連馬德魯電波塔的頂端發出強光，起到燈塔的效果，照亮周圍的草原。

幻獸族之中，有夜行性的野獸。

隨時有可能在深夜來襲——

晚上十點。

凱伊走在換班站崗的修爾茲人類反旗軍傭兵之中，獨自前往整備場的車庫。

「……腦袋還是昏昏沉沉的。真想再睡一下。」

本來還有一小時左右的補眠時間。

凱伊抵抗著強烈的睡意，將車庫的鐵捲門推上去。前方是維護好的偵察戰鬥車。

目的是後車廂——

他抱起放在那裡的機器人偶，把它搬到車庫裡照得到光的地方。

「……整備員果然也修不好嗎？」

露在外面的ＩＣ晶片仍然是破損的。

應該是修爾茲人類反旗軍的機械工也判斷「束手無策」。不僅嚴重劣化，這臺機器甚至根本不是這世界的東西。

「有沒有辦法修好它呢……」

先知希德的留言。

他想再聽一次。在鐵屑之都聽見時，他無疑處於驚慌狀態。凱伊沒信心自己有沒有正確理解希德所說的話。

……這很重要。

……萬一是我聽錯就糟了。

『我不會說我創造的這個時代是錯的。』

『但別相信預言神。他們是虛假的神明……』

他按下連接ＩＣ晶片的開關。

電路卻生鏽了，沒有反應。

「成功啟動一次，反而是奇蹟嗎……」

凱伊皺眉搖頭。

這時，身後傳來細微的腳步聲。

「阿修蘭？」

「汝起得真早。離出發還有一段時間不是？」

「……是蕾蓮啊。」

車庫的燈光照亮精靈巫女嬌小的身影。

白天補充了睡眠，在浴池洗過澡，光看臉色，蕾蓮現在幾乎是萬全狀態。

「那東西是在機鋼種所在的墳墓發現的廢鐵是吧？」

「嗯。故障了，動不了。」

凱伊點頭，忽然想到。

蕾蓮一晚就做出人類庇護廳的略式精靈彈的強化版，以她的能力，會不會連機器人偶都修得好？

「別用那種無助的眼神看老身。」

蕾蓮苦笑著說。

精靈巫女盤腿坐到倉庫冰冷的地面上，碰觸機器人偶。

「這實在不在老身的專業範圍內。老身也修不好。」

「是嗎……」

「汝想修好它，是為了聽那個叫希德的人錄下的留言？」

對——

凱伊差點反射性點頭，頓時因為足以令他渾身打顫的衝擊而瞪大眼睛。

……希德。剛才蕾蓮是不是說了希德？

……她聽見了？

否則不可能說中ＩＣ晶片的內容。在鐵屑之都亞基特的時候，她應該睡得很熟。

「蕾蓮，原來妳醒著？」

「睡得很熟。汝不是說了一次『希德』嗎？老身是聽見那個聲音才醒來的。因為精靈很淺眠。是不能給老身聽見的東西？」

「…………」

經過短暫的沉默。

凱伊跟剛才的蕾蓮一樣露出苦笑。

「……不。妳聽見也不會怎麼樣。不如說這樣剛好。老實講，那個內容我一個人無法承擔。」

要獨自背負太過沉重了。

可是又不能隨便找人商量。現在必須專注在與幻獸族的戰鬥上，實在沒辦法跟別人說自己正為此煩惱。

「對了，汝講過好幾次。存在跟這個世界命運不同的世界，人類在那裡贏得了五種族大戰。」

「嗯……」

「保存在這臺機器中的，就是英雄希德的聲音嗎？若是如此，對老身而言，他可是蠻神族最大的敵人。」

精靈低頭看著不會動的機器人偶。

「就老身聽來，那名人類似乎在苦惱。」

「……我也是。我也這麼覺得。」

從口中傳出的，是出於安心的吐息。

出於「太好了，不是我聽錯」的安心情緒——

「凱伊啊。」

「嗯？」

「關於鈴娜的出身，汝怎麼想？」

「……妳還真是突然拋出一個困難的問題。我也回答不出來，我還在猶豫該怎麼跟鈴娜說。」

凱伊坐到蕾蓮旁邊。

立起一隻腳，雙手抱住膝蓋。

「希德說的是假設。不過如果是真的，我很慶幸知道了鈴娜的祕密。因為連她自己都不知道。」

「…………」

「蕾蓮真正關心的，不如說是接下來那部分吧？」

『五種族免於鬥爭的未來，其實曾經存在過吧？』

『身為五種族混血的她（鈴娜），是否就是那個未來的象徵？』

鈴娜這名少女的存在。

會否定此刻正在展開的五種族大戰。

「……例如東方的伊歐聯邦，蠻神族和人類反旗軍締結了一年的休戰協定，並且目前還遵守著。」

「是啊。」

「妳認為有可能將這一年延長至永遠嗎？」

「不可能。」

精靈回答得毫不猶豫。

「凱伊，汝知道五代前的祖先在哪做了些什麼嗎？知道祖父的祖父的父親是什麼樣的人嗎？」

「不，一概不知。」

「跟那一樣。人類換代的速度太快。用不著兩百年就會輕易背叛，覺得『那種協定，是古代祖先不負責任亂講，長了黴菌的戲言』。」

「……的確。」

「對蠻神族來說，兩百年不是多久的時間。惡魔族和聖靈族亦然。幻獸族好像有個體差異就是。人類的壽命最短。因此最容易背叛。」

完全無法反駁。

恐怕是實際發生過的事。其中一個種族建議休戰，而人類背叛了他們。

「把一年的休戰期延長到十年就是極限。而且正因為對象是人類才管用，汝認為蠻神族（咱們）跟惡魔族，有辦法締結那樣的協定？還要加上幻獸族。」

「……有困難。」

「就是這麼回事。」

對話中斷。

在只有兩個人的倉庫，凱伊感覺到夜晚的空氣，正在逐漸帶走體溫——

「以前的老身，或許會這麼回答。」

「……怎麼了嗎？」

「這是老身個人的觀點，汝可別告訴別人啊。幻獸族先不說，老身覺得至少可以安排一個場合，給其他四種族商議。但條件有二。」

精靈巫女仰望天花板，接著說道。

——條件一。凱伊，由汝擔任人類的代表。

——條件二。由汝主導，召集蠻神族、惡魔族和聖靈族。

如同在吟詩作對。

精靈巫女侃侃而談。

「六元鏡光不會拒絕。惡魔族也是，冥帝還不知道，但夢魔姬應該會基於好奇前來參加。至於蠻神族，老身樂於出面。」

「……由我召集？」

「還有其他人選嗎？」

精靈巫女一副「事到如今問這什麼問題」的態度，臉上浮現淡淡的苦笑。

「由老身來的話，惡魔族不會理會。若由六元鏡光出馬，只會讓人覺得事有蹊蹺，惡魔族不可能擔下這麼麻煩的職責。」

「……可以理解。」

「老身不是在叫汝這麼做。再說，是汝先問老身有沒有辦法延長跟蠻神（咱們）族的休戰協定。」

蕾蓮站起身。

她輕輕拂去沾到七彩衣服上的塵土，轉過身。

「凌晨一點出發是吧。老身再去小憩一會兒。」

「……好。」

「噢，對了，趁這機會先跟汝說一下。」

嬌小的精靈停下腳步。

朝向凱伊的側臉，五官端正又美麗。

「老身之所以與汝同行，是為了打倒主天艾弗雷亞大人的仇敵牙皇。一旦達成目的，老身便會回到森林。汝與老身的關係也將到此告一段落……」

「…………」

「老身不希望就這樣結束。也不想在未來與汝拚上性命戰鬥。汝也是，貞德也是。」

無須回應──

精靈巫女颯爽離去。

走向冰冷的黑夜──

4

那一晚消失了。

灰色的天空瞬間發生令人眼花撩亂的變化。

凍結一切的極寒水花──

宛如熔岩的紅蓮火柱──

從天而降的無數雷光——

遠古的原住民懷著畏懼之心，將火山噴發稱之為「神怒」。如今與其匹敵的天地變異，三種同時發生。

天地變異和天地變異劇烈衝突，試圖吞噬對方。

形似煙火的無數光芒四散。

「哈哈！六元鏡光，這樣我會很傷腦筋。我挺喜歡這座火山湖的。妳想把它吸乾嗎？」

『……下雨就會恢復原狀。』

啪唰。

被轟飛到火山湖湖面的黏稠生物，若無其事地上岸。

沐浴在拉蘇耶的火焰下，險些蒸發的肉體完全恢復。六元鏡光吸收了這座湖豐沛的水量，瞬間讓組織復原。

只要火山湖的水尚未耗盡，這隻最古老的生物等同於不滅。

『還有，你的腳下也是鏡光的一部分。』

「嗯？」

拉蘇耶站在岩石地區的斜坡上。

腳下理應是岩石的大地，變得跟黏土一樣柔軟，抓住紅獅子的腳踝。

——萬象鏡化「土」。

是變成土壤的六元鏡光的一部分。

不同於墜入火山湖的本體，她將細胞的一部分分離開來覆蓋在地面，設置了「陷阱」。

『惡魔。』

聖靈族的英雄朝空中呼喚。

『特別允許妳。跟鏡光的一部分一起燒掉。』

「允許？愚蠢，妳以為朕會想要那種東西嗎？聖靈族啊。」

拉蘇耶抬起頭。

夢魔在他頭上展開形似蝙蝠的雙翼，雙手高舉。

「朕從未想過徵求妳的同意。」

電光——

壓縮至極限的法力具現化成肉眼可見的現象，然後炸裂。

「冥唱『吾之榮耀光芒長存』。」

聽不見雷鳴。

比音速還快，以光速降落的閃電奔流，劃破夜空劈下。即使是超常的突然變異體，同樣躲不掉光線。

——光之崩落。

威猛的雷電，將拉蘇耶連同山坡一起炸飛。

「以獸人(你這傢伙)的眼睛也看不清吧？」

巨大岩石粉碎得不留一絲痕跡，底下的地面燒成焦黑。束縛著獸人的六元鏡光的組織想必也蕩然無存。

不過。

振翅飛翔的冥帝凡妮沙，在暗夜中看見野獸兩眼的凶光。

「噢，好險。剛才我稍微拿出了真本事逃走喔。」

紅蓮獸人拉蘇耶於空中盤旋。

他在被冥帝的雷電擊中前，強行甩開抓住自己的腳的六元鏡光。

單純至極的蠻力。

彷彿在訴說，這正是幻獸族真正的實力。

「嘖……六元鏡光。妳放跑他了。」

『要求更正。鏡光有阻止他行動。是妳的法術太慢。』

「這個嘛，以臨時想出的戰術來說還不錯。」

拉蘇耶降落於開出一個坑洞的山坡上。

視線在從火山湖爬出來的黏稠生物，以及停留在空中的夢魔身上移動。

「可是妳們兩個，這樣還叫代表一族的英雄？竟然聯手攻擊我，共同戰鬥。妳們什麼時候變得跟人類一樣了？」

「你有資格說嗎？」

『是你先派部下偷襲的。』

六元鏡光背後，以及冥帝凡妮沙所在的空中的正下方，倒著好幾隻黑色的巨大生物。

雖然因為天色太暗的關係看不清全貌，但毫無疑問，兩者都是幻獸族。

也就是拉蘇耶的部下。

「拿自己當誘餌戰鬥，趁這段期間偷偷派出部下，命令牠們在黑暗中從背後偷襲吾等。誰更加卑鄙？」

『很符合野獸的作風。』

「有什麼關係。我隻身作戰，部下卻只能在旁邊看，太無聊了吧。我都親自上戰場了，部下當然也得做點事嘍。」

深紅獸人愉悅地說。

「再加上我的對手可不只妳們。有兩隻希德的化身。可能還有藏在他們背後的傢伙。」

「真是無謂的擔憂，野獸。」

冥帝凡妮沙的黑髮隨風飄曳。

全身上下散發法力的氣流，每根頭髮都跟蛇一樣扭動著。

「朕可沒打算讓這場宴會結束。你再怎麼不願也得繼續跳下去。」

World.3

Chapter: 三方混戰

Phy Sew lu, ele tis Es feo r-delis uc l.

1

凌晨一點。

庫連馬德魯電波塔亮起刺眼的光芒，斬裂無光的夜空。

城牆上的門發出低沉的聲響開啟。

「竟……竟然在這麼晚的時間出發，據我所知是前所未聞！各、各位真的要走了嗎！」

栗色頭髮的少女驚呼道。

修爾茲人類反旗軍，米恩斯特朗姆·休爾汀·畢斯凱緹指揮官——

不到二十歲的最年少指揮官，抬頭看著等待城門打開的凱伊一行人，臉色蒼白。

「我知道貞德指揮官和巴爾蒙克指揮官希望各位前去會合。可是……那個，可以再考慮一下喔？」

這裡是幻獸族橫行的草原。

白天還可以盡早發現幻獸族在接近，但在這麼黑的夜裡行動，無異於在宣告「請來偷襲我吧」。

「指揮官，感謝妳的好意，風險我們也明白。」

偵察戰鬥車發出引擎發動聲。

凱伊開著副駕駛座的門，在指揮官面前挺直背脊。

……已經先跟她說過我們要在這個時間出發。

……她擔心我們，特地起來送行嗎？

凱伊不習慣向比自己小的少女敬禮，不過這位年幼指揮官的品德確實值得讓人這麼做。

「妳的部下有告訴我們通往舊王都的安全路線。不會遇到夜行性幻獸族的路線──」

「不是不會遇到，是不容易遇到。」

少女指揮官搖搖頭。

「幻獸族的習性極度難以捉摸。我請部下準備的是以過去的經驗來說，遭遇率較低的路線，但全是白天的資料。」

「是的。」

「晚上會出現什麼樣的幻獸族，連我們都摸不透……」

在疏林草原——

日夜的生態系截然不同。白天在草原昂首闊步的野獸，晚上屏息隱藏身姿也不奇怪。

「……即使如此，各位還是執意出發嗎？」

「是的。我們要趕往指定地點，與貞德指揮官會合。」

此時此刻。

三種族的英雄，理應已經在遙遠的火山湖開戰。

……這是打倒牙皇唯一的機會。

……蠻神族（蕾蓮）、惡魔族（海茵瑪莉露）跟貞德，應該都這麼想。

自己（凱伊）當然也是。

凱伊曾經這麼認為。若要與牙皇交戰，現在是最好的機會。

不過——

『五種族免於鬥爭的未來，其實曾經存在過吧？』

這句話如回音般於耳邊迴盪。

希德所說的話，化為記憶的泡沫浮現腦海。

「————」

「怎、怎麼了嗎？」

「沒事。失禮了，指揮官。平安抵達後，我們會主動聯絡。清晨應該就會抵達。」

「……我明白了。」

少女緊抿雙唇。

「等你們的聯絡。請務必小心。」

凱伊敬禮回應，走向偵察戰鬥車。

他坐上副駕駛座時，駕駛座上的阿修蘭正好拿出藥片。

「阿修蘭，麻煩你安全駕駛。」

「安全但迅速對吧？我知道。事到如今，我豁出去了。」

阿修蘭拿的是精神興奮劑（咖啡因）。

他一口氣扔了好幾片到口中，咬碎吞下去。

「莎琪，妳要不要也來一片？」

「才不要。人家本來就緊張得心臟狂跳了。要是再攝取精神興奮劑，人家的心臟會爆炸的。」

哪有那麼誇張——

他不可能說得出這句話。

緊抱著機關槍的莎琪才是正確的。

「出發。你們給我張大眼睛注意四周啊。要是在草原正中央被一群幻獸族包圍可就完蛋了！」

阿修蘭駕駛踩下油門。

在修爾茲人類反旗軍的傭兵們的注視下，凱伊一行人搭乘的偵察戰鬥車，駛向夜晚的大草原。

「右、右方沒有異狀！繼、繼繼……繼續進行戒備！」

「莎琪，妳未免太緊繃了吧？再怎麼趕路，也要等到清晨才會抵達。妳這樣會累死自己。」

「可、可是凱伊……敵人不知道什麼時候會出現耶！」

盯著車窗外的莎琪指向漆黑的地平線。光源只有車頭燈，在這個範圍外跟一片漆黑差不多。

就算有東西藏在黑暗中，人類的眼睛也看不見吧。

……比想像中還暗。

……用夜視望遠鏡看，頂多也只能看見比二十公尺遠一點的地方。

巨大的野獸什麼時候會從黑夜裡衝出來？

雖然這樣講跟凱伊和莎琪的任務互相矛盾，等敵人出現在夜視望遠鏡的能見範圍內就太遲了。

「鈴娜，汝看得見嗎？」

「嗯……看不見。不過沒聞到味道，附近應該沒有。」

鈴娜和蕾蓮坐在後座。

兩人從另一側的窗戶觀察草原，沒有發現異狀。

「拜託妳嘍，蕾蓮小妹。精靈的耳朵不是特製的嗎？」

「正是。除了耳朵，眼睛也很好。精靈的森林晚上也會變得黯淡無光。沒有夜視能力不佳的精靈。」

「喔喔。那可以放心嘍？」

「……太好了。不愧是蠻神族。」

駕駛座上的阿修蘭和莎琪，同時吁出一口氣。

可是。

「哎呀哎呀莎琪，這麼放心沒問題嗎？」

莎琪旁邊。

理應還在熟睡的夢魔姬微微睜開眼睛。

「妳不知道嗎？幻獸族之中也有會在地下築巢，埋伏獵物的類型。不動就察覺不到氣息，巢穴在這麼暗的地方又會被草擋住。萬一牠們聚在這輛車的行進路線上……」

「不要啊啊啊——————！」

人類（莎琪）的哀號響徹黑夜。

「人家不想死！是說為什麼只有妳一個人睡得那麼舒服？幫忙警戒一下啦！」

「咦～」

「咦什麼咦！來，看妳要望遠鏡還是其他東西，統統借妳！」

莎琪將望遠鏡塞給海茵瑪莉露。

……莎琪，妳是不是忘了。

……妳怒吼的對象，遠比路邊的幻獸族危險。

然而，被吼的夢魔姬反而很高興。她看起來更加愉悅，大概是非常喜歡莎琪驚慌失措的樣子。

「可惜我不知道人類的道具怎麼用。」

「騙人！」

「遇到的話趕走就行了。」

「不要遇到更好吧！」

凱伊、鈴娜、蕾蓮都沒有反應。

夢魔姬一直在憋笑，只有莎琪一個人沒發現。她八成只是在以嚇唬莎琪為樂。

「莎琪，不好意思安靜一下。我想聯絡貞德。」

經過十幾秒的等待。

凱伊手邊的通訊機亮了起來。

『是我。抱歉久等了……凱伊嗎？』

「對。這裡是支援部隊。不過只有我、阿修蘭、莎琪，再加上鈴娜、蕾蓮、海茵瑪莉露六個人而已。」

『不，足夠可靠了。謝謝。』

最後一句話——

應該是對正在聽這段對話的所有人說的。

「我們大約在三十分前離開電波塔。差不多凌晨會抵達……算有按照計畫進行吧。前提是沒被幻獸族襲擊。」

『了解。麻煩你以大家的安全為優先。』

「貞德，那邊的狀況如何？」

『…………』

通訊機的另一端陷入沉默。

在凱伊推測出這陣沉默的意思前。

『三小時前開始了。而且還沒結束。』

「……開戰了嗎？」

『對。我也沒有親眼看到。畢竟我們在山腳，他們在山頂。』

既然如此，為何有辦法肯定是在「三小時前」開戰？

原因很簡單。

『只有山頂亮得跟白天一樣。火花甚至落到了這裡，震動聲大得地面都在搖晃，如同天災的閃電從天而降……一直有種世界要滅亡的感覺。』

「我就知道。」

三種族的英雄展開激戰。成為戰場的山峰天亮前就憑空消失也不奇怪。

……鈴娜、蕾蓮，海茵瑪莉露也是嗎？

……大家都一臉「不意外」的表情。

他們早已做好覺悟。

因為他們就是為了介入三位英雄的死戰而啟程的。

『把作戰方針改成等待他們消耗體力是對的。』

貞德的苦笑聲，透過通訊機傳來。

『在他們筋疲力盡前，人類反旗軍想靠近也做不到。所以你們慢慢過來就好。』

「嗯。我們會以安全為首要原則。」

「——凱伊，前面！」

凱伊倒抽一口氣。

連回問大叫的鈴娜發生什麼事都不需要。那激動的語氣，明確地告訴他發生了意外狀況。

黑夜將萬物抹成黑影。

偵察戰鬥車的車頭燈照亮的範圍內，什麼都看不見，不過……

「幹、幹嘛啦，鈴娜小妹——！」

阿修蘭嚇得聲音緊繃。

巨大的黑影毫無前兆地從夜色中衝向車頭燈的光。

龐大的身軀足以擋住偵察戰鬥車的擋風玻璃。

那隻形似巨大野豬的猛獸——

是幻獸族卡特布雷帕斯。

「要撞上了！阿修蘭！」

「這、這傢伙是什麼鬼啊啊啊啊啊——！」

阿修蘭往右側拐了一個大彎。

車子旋轉的幅度幾乎是直角，突如其來的轉向，導致輪胎發出悲鳴。

——衝擊。

重量超過六千公斤的偵察戰鬥車，像顆橡皮球似的在地上彈起來。

擦身而過。

車子只有擦到卡特布雷帕斯的身體。

假如阿修蘭慢個一秒轉彎，車子肯定會用力撞上卡特布雷帕斯，然後被牠壓扁。

「阿修蘭，快開車！全速前進！」

「別說傻話了，在這麼暗的地方嗎！光是剛才的速度都只能勉強閃開了，還要加快速度，如果幻獸族又從前面撞上來怎麼辦！」

「卡特布雷帕斯追過來了。」

「可惡……！」

阿修蘭將油門踩到底。

偵察戰鬥車以將近一百二十公里的時速，在一道光都沒有的深夜時分的大草原上疾駛。不，是逃跑。

「喂、喂！要被追上了！」

「廢話少說，莎琪，快開槍。妳手中的機關槍是裝飾品嗎！」

「人家已經在瘋狂開槍了！」

莎琪大叫道。

她從車窗探出頭，射擊離車子愈來愈近的巨大身軀，子彈卻被厚實的毛皮阻擋，無法傷到牠分毫。

「……怎、怎麼辦！」

「好了——莎琪。停。不用攻擊了，把窗戶關上。」

「咦？」

夢魔姬輕拍莎琪的肩膀。

「妳看那隻野獸的嘴巴。牠在吐出類似氣泡的東西對吧？那是猛毒。」

「……毒、毒？」

「對對對。牠追我們不是因為想撞車子，是要用毒氣毒死裡面的人類（你們）。所以把窗戶關上吧？」

莎琪目瞪口呆地照做。

「好孩子。那——」

「凱伊，我去外面！幫我注意周遭！」

打斷夢魔姬說話的，是鈴娜。

她打開後座車頂上的天窗。蕾蓮跟在後面。

「哎、哎呀？妳們兩個等一下。我表現的機會呢？」

「老身可不想看惡魔擺架子。只是要處理那隻野獸的話毫不費力。」

精靈巫女手上拿著的是——

小小的種子？

凱伊還來不及確信那是什麼東西，站在車頂上的精靈就將手中的種子扔向地面。

「萌芽吧，『荊棘搖籃』。」

宛如鞭子的藤蔓從地底冒出，將草原一分為二。

凱伊透過後照鏡觀察後方的情況，數十根藤蔓像觸手似的竄動，纏住巨獸卡特布雷帕斯的四肢。

荊棘的束縛——

刺進幻獸族堅硬如鋼的皮膚。全身被纏住的卡特布雷帕斯的咆哮，透過只開了一條縫的天窗傳來。

「蕾、蕾蓮小妹，那什麼東西……」

「怎麼？阿修蘭，汝不知道嗎？反正凱伊知道吧。」

「不，我一頭霧水。」

「嗯？那是精靈之森裡面，成長速度最快的雜草。種子碰到土的瞬間，會像那樣迅速成長。汝不知道真令人意外。」

「……我又不是植物學家。」

精靈的語氣一副在試探他的樣子，凱伊苦笑著搖頭。

五種族大戰的紀錄，他熟記在腦海。

……蠻神族對人類用過的法術是有紀錄沒錯。但這個不一樣。

……蠻神族與幻獸族為敵時的對策嗎？

精靈森林的植物。

人類和惡魔應該能用火焰把草燒掉。聖靈族可以直接穿過去。

這是只有與幻獸族為敵時有用的「活生生的陷阱」。

除此之外。

「凱伊。」

同樣站在車頂的鈴娜，露出意味深長的微笑。

「有沒有會發光的子彈？」

「…………」

「我做得到。我可以幫忙。」

她雀躍地笑著說，彷彿想到絕佳的惡作劇。

給我吧？鈴娜指向他的手。

「嗯，交給妳了。」

凱伊拿起手邊的子彈扔給她。

動作迅速，以免莎琪和阿修蘭看出那是略式亞龍彈。

「那是照明彈。扔在車頂上就會發光。」

「包在我身上！」

鈴娜用力點頭。

強烈的閃光照亮偵察戰鬥車的周圍。目測約半徑兩百公尺。只有這塊範圍變得跟正午一樣亮。

「欸、欸，凱伊！原來你有這麼方便的子彈？」

「喂，凱伊。既然有這東西，幹嘛不早點用！你知不知道我開車開得有多緊張？」

「抱歉，我留下來以防萬一的。」

夢魔姬傻眼地看著他，一臉「又在睜眼說瞎話」的模樣，莎琪和阿修蘭卻相信光芒就是源自凱伊的特殊子彈。

鈴娜的法術。

不產生熱度，只放出強光，恐怕是聖靈族的法術。

……這樣啊。鈴娜做得到。

……聖靈族的基因在這種地方派上用場。

五種族的混血。

象徵著能夠避免這場五種族大戰發生的未來確實存在——

「…………」

「凱伊？」

蕾蓮先行跳下車頂。

眼中蘊含的情緒，應該是察覺到了凱伊的心境。

「有件事忘了確認。汝打算怎麼做？」

「嗯？怎麼了嗎，蕾蓮？」

莎琪回問道，精靈巫女卻沒有回答。

「抵達火山湖。牙皇就在那裡。對蠻神族而言他是主君的敵人，老身可以這樣看待他嗎？」

打倒牙皇拉蘇耶。

若精靈族的巫女殺了幻獸族的英雄，蠻神族跟幻獸族的隔閡，想必會再也無法填補。這場五種族大戰會變得更加激烈，更遑論停戰。

……蕾蓮也知道。

……那會否定鈴娜的存在。

因此她才會猶豫。

是否要讓五種族大戰繼續下去。

「要汝獨自決定一切，著實過分了些。」

「反正遲早要下決定……嗯。各位，我有件事情想拜託你們，聽我說一下。」

坐在駕駛座的阿修蘭、坐在副駕駛座的莎琪、海茵瑪莉露、蕾蓮，以及在車頂維持閃光法術的鈴娜。

「順利的話，我們大概會在天亮時抵達死火山山腳。那裡是跟貞德會合的地點，牙皇應該就在那座山的山頂。」

凱伊回過頭。

望向恐怕最有鬥志的人。

「海茵瑪莉露先不要出手。可以牽制他，可是我希望妳在我打信號之前，不要攻擊牙皇。」

「嗯？什麼意思？」

「我想跟那傢伙談談。之後我也會去拜託貞德。」

「……談談？談什麼？凡妮沙姊姊大人都已經跟他開打了。」

「對。但我想確認一件事。」

「到底是什——」

「如果大戰照現在這個情況發展下去，最後勝利的大概不會是五種族中的任何一個。」

「…………」

海茵瑪莉露皺起眉頭。

——勝利的會是大始祖。

歸根究柢，若引發大戰的人是大始祖，可以想見只要這場戰鬥不結束，對大始祖就會愈來愈有利。

「我說人類，我聽不懂你在講什麼。那樣對惡魔族有什麼好處？」

「有。」

「咦？」

「這樣好了。我會向冥帝提出同樣的建議。她同意的話妳也乖乖答應。這樣妳就沒意見了吧？」

「…………」

惡魔少女心不甘情不願地閉上嘴巴。

「……我沒辦法違背凡妮沙姊姊大人的意思。不然她會生氣。」

「那就決定了。」

凱伊裝出信心十足的語氣斷言。

悄悄在心底鬆了口氣。

……我也不知道結果會如何。重點是要看拉蘇耶的反應。

……不過，如果是冥帝。

在身體因為無座標化崩解前。

正是凡妮沙對他說過。

『聽好了，人類。』

『有你所不曉得的過去存在。那是在你的世界裡遭到隱藏的禁忌「紀錄」。』

現在他給得出答案。

藏身於五種族大戰的檯面下，名為「大始祖」的存在。

「……可是，總覺得不太爽。人家都準備開動了，竟然叫我『先乖乖坐好』。對不對，莎琪？」

「什麼？」

「我可以發洩一下怒氣嗎？」

「不要不要不要！妳要對人家做什麼！」

「不是發洩在妳身上啦。那樣太浪費了。」

夢魔姬發出性感的嘆息聲站起來。

從天窗來到車外。

「是一直追在後頭的那些傢伙。」

沙塵——

凱伊也沒發現。在鈴娜放出的光芒外，有一群野獸巧妙地保持不會被光照到的距離，無聲無息地爬過來。

「什麼時候出現的……！」

一大群雙頭大蛇（Quetzalcoatl）。

跟滑雪一樣於地面滑行的幻獸族，接近時完全沒有散發任何氣息。

「我想想，以人類的標準來說，離天亮還有四小時……」

惡魔低頭看著那群大蛇。

大膽地裸露在外的背部，冒出與蝙蝠相似的巨大翅膀。

「啊哈！才這麼一點？」

她接著笑道。

「太少了。至少要蓋過地平線吧，幻獸族。」

2

這個世界——

天亮前是最暗的時候。

凌晨四點。離天亮還有兩小時。

沒錯。理應是最暗的時候，只有悠倫聯邦最大的死火山的山頂例外——

宛如天地創造的耀眼光芒溢出。

「冥府之花啊。」

成千上百的鬼火，照亮夢魔妖豔的身軀。

「燒掉這群野獸。」

炎花綻放。每一朵都是充滿冥帝凡妮沙的法力的極大地雷，碰到就會引發劇烈的爆炸。

爆炸掀起的狂風——

將從四面八方包圍冥帝的野獸，一同掃下山坡。

牠們是拉蘇耶手下的幻獸。

每一隻怪物都遠比人類巨大，被法術地雷的大爆炸擊中，一個個滾落山坡。

「哈。這就是你的部下？沒用的傢伙。」

「真嚴苛。是妳的破壞力太誇張。不過——」

從噴出的火柱中。

比火焰更加鮮紅的獸人撲向夢魔。以最強生命力為傲的獸人，面對惡魔的火焰依然毫不畏懼。

「夢魔的皮膚看起來好柔軟。就算有法力保護，還是很脆弱的樣子。」

拉蘇耶混入爆炸的巨響之中，隱藏身姿。

冥帝回頭時，拉蘇耶已經帶著猙獰的笑容逼近面前，揮下爪子，想撕裂那光滑柔嫩的肌膚。

——身影一晃。

他的利牙，穿過了冥帝凡妮沙。

「？」

來不及減速的拉蘇耶，直接從冥帝旁邊衝過去。

當他回過頭時，惡魔已經不在那裡。

「原來如此，是幻惑系。我就覺得奇怪，妳身上沒有味道。」

「正是。」

「這麼簡單就把底牌亮出來，沒問題嗎？」

「底牌？這只是用來嚇嚇你的小把戲。」

拉蘇耶在攻擊範圍外。

張開翅膀的夢魔緩緩降落。獸人抬頭看著她。

「那個妳應該就是真貨了吧。」

「你說什麼？」

「放這麼大一把火，是妳失策了，冥帝。」

巨大的黑影罩住冥帝腳下的地面。

形似經過濃縮的岩漿的暗紅色巨龍，從持續灼燒山峰斜坡的火柱裡飛出。

跟拉蘇耶一樣——

這隻巨龍藏在冥帝的火焰中飛過來。

「亞龍嗎？」

「沒錯。幻獸族也有不怕火的種類。」

火焰的漩渦。

亞龍吐出的紅蓮暴風，化為一道火牆逼近冥帝。

「休息時間結束了，黏稠生物。妳想勞煩朕親自動手嗎？」

『吵死了惡魔……鏡光還沒休息夠。』

火山湖的湖面泛起漣漪。

深藍少女發出可愛的啪唰聲，從湖裡跳出。

——萬象鏡化「海」。

六元鏡光擊出的黏液拳頭，化為蔚藍的海嘯。

參雜碎冰的極寒巨浪及水花濺起，淹沒亞龍的火焰漩渦，將其抵銷。

『去吧。』

左拳則化為巨大鐵球般的球體。

將山坡挖掉一塊的一擊，把空中的亞龍轟飛到山峰的另一側。

「哈哈，六元鏡光，妳真的很好用。要不要乾脆加入朕的麾下？」

『……妳是笨蛋嗎？』

深藍少女一臉傻眼。

『鏡光很累。大概有一小時什麼都不會做，剩下交給妳了。』

聖靈族的法術，是消耗自身肉體的特殊術式。

六元鏡光曾經在悠倫聯邦遭到切除器官攻擊，被迫「自爆」，失去大部分的細胞。

至今依然離萬全狀態差了一大截。

在這場戰鬥的過程中亦然。冥帝阻止拉蘇耶的期間，六元鏡光頻頻跳進底下的火山湖，讓細胞增殖。

也就是在趁戰鬥的空檔休息。

「站住，六元鏡光，這次一定要——」

「哈哈。太慢了，獸人。」

六元鏡光像橡膠似的縮起身體，靠反作用力高高躍起。

拉蘇耶試圖在空中抓住她，碰到冥帝的鬼火，被捲入大爆炸之中。

「……六元鏡光專注在輔助上的話果然很難纏。」

紅蓮獸人難得露出苦笑。

這段期間，六元鏡光也在山坡對面於缽狀的坡道上滾動，往火山湖移動。

藉由補充大量的水分，讓失去的組織回復——

「我就是在等這一刻。」

「太過專注在戰鬥上，忘記還有『希德』在。果然很愚蠢。」

槍聲迴盪四周。

從山坡射來的銀白色子彈，貫穿了正準備跳進火山湖的六元鏡光。

『…………啊…………！』

六元鏡光慘叫出聲。

從空中躍向火山湖的她，被子彈的威力彈飛，墜落於湖畔。摔在地上的聖靈族，全身被神祕的銀白光輝纏住。

『……這道光……是什麼？鏡光的法力被……！』

她的身體逐漸崩解。

連人形都無法維持，倒在地上動彈不得。

「什麼！」

「……這是……」

冥帝凡妮沙、牙皇拉蘇耶同時瞪大眼睛。

不是自己幹的。也不是眼前的英雄（敵人）。

那麼會是誰？

在缽狀的山坡下。

被銀白色子彈射中的六元鏡光趴在那裡，一動也不動。身體也開始恢復成黏稠生物的模樣，或許是失去意識了。

一名少女——

「命運龍密斯加謝洛，你的預言果然不準。」

踩在她身上。

穿著修女風的樸素長袍的纖弱少女。

「這個意外在意料之中。三隻這種怪物的激戰，不可能在天亮前結束。」

少女隔著靴子，踩在癱倒在地的黏稠生物背上。

除此之外——

又一顆銀白色子彈，射中無法行動的六元鏡光的腳。

『————！』

「就算是預言神的子彈，也不可能一擊就收拾掉妳。真是拙劣的演技。妳想假裝失去意識，反過來攻擊我對吧？」

『…………』

高大的男子低頭看著完全陷入沉默的聖靈族英雄。

面容精悍、五官深邃，聲音中帶有跨越種族的魄力。手中是疑似剛開過槍的衝鋒槍。

「哦。那傢伙是？」

冥帝凡妮沙俯視著那名人類。

語氣聽得出一絲焦躁，不是因為六元鏡光遭到攻擊，而是有人在宴會最熱鬧的時候跑出來礙事，掃了她的興吧。

「人類？不曉得是打哪來的……」

惡魔族英雄狐疑地瞇起眼睛。

子彈對聖靈族不管用。

身為黏稠生物的六元鏡光就更不用說了，即使被上萬發子彈射中，都不可能打倒她。顛覆這個常識的銀白色子彈，究竟是什麼東西？

至於另一個人——

「妳就是冥帝凡妮沙？惡魔族之中法力最強的夢魔。」

從山坡爬上來的少女，大剌剌地走向她。

於額頭閃耀的疤痕，帶有一股神祕的力量。

法力？她是什麼人？

幻獸族英雄（拉蘇耶）一句話就完全解開凡妮沙的疑惑。

「初次見面。這個世界的希德們。」

紅蓮獸人展開雙臂。

對著兩位不速之客。

「但我不懂。為什麼要來礙事？乖乖在旁邊看，等三英雄（我們）互相殘殺完，才是明智的抉擇吧。」

「預言說這場戰鬥會在天亮時結束，但我看再怎麼等，都沒有要結束的跡象。」

與冥帝對峙的少女——

是預言神授予「刻印」力量的希德之一。

「浪費時間。我來幫你們一把。」

拿槍指著拉蘇耶的男子。

是預言神授予「威光」之力的第二位希德。

沒錯。

打倒聖靈族的英雄後，剩下兩個種族。

戰鬥演變成這兩個種族對上意圖取其性命的「希德」。

惡魔族凡妮沙對人類兵器特蕾莎・希德・菲克。

幻獸族拉蘇耶對傭兵王阿凱因・希德・柯拉特拉爾。

兩種族的英雄與兩名希德，展開激烈的對決。

Intermission

Chapter:

最美麗的絕望

Phy Sew lu, ele tis Es feo r-delis uc l.

在正史與他（希德）度過的記憶——

未解析神造遺跡。

用裁切成方塊狀的巨大岩石蓋成的遺跡。

表面布滿青苔，長著茂盛的藤蔓及花朵。在讓人感覺到百年歲月的遺跡深處，有一處神聖的空間。

——藍色大聖堂。

從天花板到腳下的地面，全部用湛藍玻璃板構成的禮拜堂。

無人造訪的地區。

祈子阿絲菈索拉卡在那裡度過了等同於永恆的時間。承受著精神快被完全的靜寂與無聲消磨殆盡的痛苦。

『……又來了嗎？』

只有這名男子不厭其煩地造訪這座神殿。

希德。

預言神阿絲菈索拉卡給予世界座標之鑰的男人。目前以先知希德的身分與四種族戰鬥，以解放全世界的人類。

比任何人都還要為這場殘酷的戰鬥付出，不斷對抗常人難以承受的龐大壓力。

儘管如此——

『你為何又來了？我不是說過，我已經沒有預言可以告訴你了。』

激勵人類。

帶著世界座標之鑰，打倒四種族的英雄。

這個男人照理說不該在這裡。他必須在烏爾札聯邦的據點，與眾多同志一起專心準備上戰場。

『四種族的英雄是強如神明的暴君。雖說我給了你世界座標之鑰，他們可不是這麼大意還能打倒的敵人。』

「我明白。」

巨大的女神石像阿絲菈索拉卡腳邊——

一名穿斗篷的男子站在那裡。

『希德，你不該在這裡。你該去為戰鬥做準備。』

「準備好了。」

『那至少休息一下。』

「等這件事做完，回去後我會休息。」

這件事是？

沒等阿絲菈索拉卡詢問，他就將手中的水桶放到地上。

應該是去外面的湖裡提來的。

另一隻手中，是一支老舊的木掃帚。

「這座禮拜堂好像有點年紀。」

『……咦？』

阿絲菈索拉卡懷疑自己看錯了。

希德用掃把掃起積在禮拜堂地上的灰塵。不只地上，積在走道上的薄薄一層沙子，他也仔細地掃起來扔到外面。

不僅如此，希德用水桶裡的水沾溼毛巾，擰乾後開始擦拭石造女神像（阿絲菈索拉卡）的表面。

『你在做什麼？』

「打掃。」

『我知道。我問的是有何意義？』

「凡事總有與其相應的姿態。我只是在按照這個準則行事。」

『？』

「美麗的女神像，積滿灰塵太糟蹋了。」

『！』

她大受震撼。

儘管是石製的身體，那無疑是阿絲菈索拉卡從未體驗過的內心震撼。

『為何……要做這種蠢事……住手。別再擦了……！』

「為什麼？」

『…………我會，無法忍受……』

為什麼？

怎麼可能說得出口。

我一直在欺騙你……！

這男人只不過是為了五種族大戰選出來的人類。

所以她才會無法忍受。

他對自己這麼用心，誰還有辦法扼殺情緒繼續欺騙他？這樣下去，自己的心靈會先撐不住。

她早就知道了。

阿絲菈索拉卡無法徹底狠下心。他們必須維持冷漠的關係，方便自己之後捨棄他(希德)。

『……求求你，希德……我很高興你有這份心，不過夠了……你不該待在這裡。』

「……知道了。」

希德離開了她。

將掃把和水桶收好，留下道別的話語轉身離去。

『希德……對不起。』

腳步聲逐漸遠離禮拜堂。

剛好在一年後。他再度來到這裡，拖著遍體鱗傷的身軀，跟阿絲菈索拉卡報告五種族大戰已經終結。

經歷了世界輪迴——

現在，先知希德不存在於這個別史世界。

沒人會去打掃阿絲菈索拉卡的禮拜堂。

『希德，或許你說得沒錯。那個時候，果然該拜託你幫忙打掃也說不定……』

灰塵、沙子和黴菌的氣味。

阿絲菈索拉卡感覺著混濁的空氣，自嘲道。

明明自稱預言神，卻在為這點小事後悔。

『不過沒關係。因為不再需要用到禮拜堂了。』

潛伏的時期已過。

時機終於來臨。經過五種族大戰，經歷覆寫歷史的世界輪迴。

阿絲菈索拉卡的願望總算要實現了。

『……離天亮還有兩小時左右。』

她一直在假裝預言神這個存在。

這份苦難將昇華成「最美麗的東西」。

『有種想唱歌的心情。』

充滿慈愛之情的女聲傳遍整棟聖堂。

跟過去指引凱伊、貞德、鈴娜的聲音並無二異。

——來唱只屬於我的喜悅之歌吧。

大始祖阿絲菈索拉卡，於寂靜的大聖堂哼著歌。

穿著長袍的聖母像。

理應由石頭做成的身體表面，發出劈啪聲裂開。

『希德。凱伊……你們想必會怨恨我。』

這是喜悅，也是懺悔。

即將發生的未來，無疑是自己所期望的。然而，不斷欺騙兩名人類的些微罪惡感也確實存在。

『還有鈴娜……妳不會原諒我吧。』

僅此一位的同族。

不——

阿絲菈索拉卡對於無限接近同一存在的「她」，同樣不是半點愧疚感都沒有。

『可是沒辦法。命運就是如此。』

劈啪，石頭表面裂開、剝落。

一片又一片。

石製聖母像的表面逐漸脫落，化為細小的碎片。

『我嫉妒你們。所以我是祈子。我會持續祈禱——』

『最美麗的絕望。』

石頭的偽裝不斷從石造聖母像剝離。

背上的部位統統剝落之後，祈子阿絲菈索拉卡的背部，有對巨大的翅膀。

黑與白的天魔之翼——

『……對不起，凱伊。希望至少你一個人能得到安息。』

聲音在聖堂內迴盪。

聖母石像從藍色大聖堂消失不見。

World.4

Chapter:

大始祖

Phy Sew lu, ele tis Es feo r-delis uc l.

1

五點四十分。

黎明前——如蠟燭般微弱的陽光，隱約從被抹上灰色的草原一角開始升起。

修爾茲聯邦，舊王都拉克賈爾夏的西北部。

凱伊一行人搭乘的偵察戰鬥車，抵達烏爾札人類反旗軍和悠倫人類反旗軍的聯合軍營。

「呼。幸好平安抵達了。好了各位，貞德所在的本部應該就在裡面……咦？」

下車的只有他一個。

凱伊發現其他人沒有反應，轉頭望向車內。

「莎琪、阿修蘭？」

「……不行了。無論如何，我都絕對不會再在深夜的修爾茲聯邦開車。我已經受夠被一群幻獸族追著跑了。」

「————」

「欸，莎琪？莎琪？」

阿修蘭趴在駕駛座上，累得站不起來。

那麼，拿著槍坐在後座的莎琪呢？

「凱伊，莎琪昏過去了。」

「……她眼睛是睜開的啊。」

「嗯。她維持這個狀態昏倒了。應該是太害怕。」

莎琪抓著蕾蓮，失去意識。

即使有海茵瑪莉露跟鈴娜負責驅趕，大群幻獸族仍然不斷襲來。整晚都要面對這樣的恐懼，結果就是燃燒殆盡。

「……呼。我也實在是累了。」

待在車頂的鈴娜，在凱伊正上方踉蹌了一下。

接著直接墜落。

「凱伊，接住我——」

「哇！等、等等，這種事要先說！」

凱伊連忙抱住掉下來的鈴娜。

她的身體纖細輕盈得令人吃驚，從手心傳來的卻是吹彈可破的肌膚觸感，害凱伊差點臉紅。

「鈴娜，妳沒事吧？」

「嗯，沒事…………才怪。凱伊，我超有事的！」

鈴娜反射性回答，話講到一半，板著臉凝視凱伊。

「凱伊，我走不動。」

「什麼？」

「就這樣抱我走。當成我努力的獎勵。」

「……妳什麼時候學會這種小伎倆了。好吧，妳確實很努力。不過抱著妳走太累了，至少換用揹的。」

凱伊將兩手伸向前方跟他討抱的鈴娜揹到背上。

「嘿嘿嘿——好久沒讓凱伊揹了。」

「……妳開心就好。」

然而，鈴娜肯定比表面看來還累。

因為她在偵察戰鬥車上過了一晚，要維持照亮四周的光，同時還得一直擊退從草原的地平線出現的幻獸族。

「哎呀，你們看起來挺開心的。真好。」

海茵瑪莉露跳下車頂。

視線在鈴娜跟揹著鈴娜的自己身上移動。

「只有妳一個人太奸詐了，鈴娜。換人。」

「不行——」

「那一小時後換人。」

「不行——」

「……我先說，我可沒辦法揹著妳們走一小時。只能走到本部。還有海茵瑪莉露，把背上的翅膀收好。」

到了營地，夢魔姬依然光明正大露出翅膀。

幸好天色還很暗，萬一有人在營地看見惡魔族，肯定會釀成騷動。

「蕾蓮，在莎琪醒來前幫我照顧她一下。阿修蘭呢？」

「……我也動不了了。麻煩你向貞德大人報告。」

「好。」

凱伊揹著鈴娜邁步而出。

海茵瑪莉露也跟在旁邊，這個惡魔的好奇心還是一樣旺盛。她興味盎然地觀察人類反旗軍的軍營。

「人類喜歡做很多東西呢。像是槍、車子、帳篷……」

「之前鈴娜好像也講過類似的話。」

「難以理解。」

「嗯？」

「因為，你看那個。」

夢魔姬指向從通訊基地露出來的老舊通訊設備。

應該是在這塊土地還有人類的機器工廠時就製造出來，數十年來不斷修理，使用至今的設備。

「製造那臺機器的人類，已經不在世上了吧。」

「……畢竟這臺機器八成是幾十年前的東西。以人類的壽命來想，是有可能沒錯。」

「惡魔族沒那種東西。」

「那種東西是？」

「讓其他人幫自己做什麼東西的想法。」

繼承。傳授。傳統。

這大概是惡魔族無法理解的概念。

「需要的法術，我全都是憑一己之力學會的喔。雖然也有模仿凡妮沙姊姊的部分。」

「妳的意思是沒人教過妳嗎？」

「怎麼可能有。這麼做等於是承認自己比較弱。能靠自身的力量得到需要的東西，才是強大的惡魔。」

「鈴娜也是嗎？」

「咦？我、我……嗯——我好像也是。因為我一直是一個人嘛。」

抱在背上的少女點了下頭。

「這場戰鬥也是——」

走在旁邊的海茵瑪莉露，難得露出複雜的表情。

「我是因為自己想做才戰鬥。是因為喜歡才去戰鬥。但人類似乎不是。」

人類會拿「他人」當動機。

為他人留下道具，為未來戰鬥。

這應該是身為長壽種族的夢魔姬沒有的概念。

「為什麼呀？」

「妳問我我也不知道……不對，原來如此……」

「什麼東西？」

「可以問個問題嗎？希望妳誠實回答。」

凱伊詢問疑惑地望向自己的惡魔。

「假如那個『喜歡戰鬥』的心境反過來，妳會怎麼做？」

「反過來？」

「例如覺得大戰很麻煩，或者找到比大戰更愉快的事。一旦有這種感覺，妳會馬上停止戰鬥嗎？」

「這還用說，當然就收手嘍。」

「……這樣啊。」

凱伊小聲回應，同時想起昨晚的對話。

蕾蓮說的那句話。

『條件一。凱伊，由汝擔任人類的代表。』

『條件二。由汝主導，召集蠻神族、惡魔族和聖靈族。』

「那如果我說『海茵瑪莉露，不然我們停戰吧』，妳會怎麼做？」

「什麼？」

惡魔少女停下腳步。

沐浴在清晨時分，連呼出來的氣都會變白的寒風下。

「你真是個不可思議的人。」

夢魔姬嘴角勾起妖豔的笑容。

「我就直說了，我早覺得你應該隱約有這種念頭。不過很可惜，你以為我會同意那麼無聊的事？」

「要看條件跟當天的心情吧。」

「……你挺了解的嘛。」

海茵瑪莉露重新邁出步伐。

筆直走向眼前的巨大帳篷——指揮官本部。

「惡魔一向順從自己的心意。想讓我和凡妮沙姊姊大人點頭的話，給我準備好相應的回報。要事先支付龐大的代價喔。」

「知道了。」

「你想好了嗎？」

「不，現在開始想。」

「……笨蛋。怎麼可能有那種東西。」

惡魔斬釘截鐵地否定。

語氣卻十分雀躍。「如果你有能耐拿出讓我滿足的代價，就試試看呀？」——彷彿連這樣的討價還價都樂在其中。

三人抵達指揮官本部。

凱伊還沒出聲，用來當成帳篷入口的簾幕就用力掀開。

「是凱伊嗎！」

貞德穿著輕甲。

眼睛底下有明顯的黑眼圈，八成是整晚都沒睡。

「啊，貞咪。你看你看，我趴在凱伊背上，很棒吧？」

「……雖然很好奇為何凱伊揹著鈴娜，不過各位平安無事就好。巴爾蒙克指揮官正好也醒來了——」

「支援部隊（那些傢伙）到了嗎！」

如同獅子咆哮的宏亮嗓音，蓋過貞德的聲音。

本部帳篷的簾幕後面傳出吼叫聲，豪邁的腳步聲愈來愈近。

「等你們很久……唔！」

「哎呀？之前也見過面對吧，人類的指揮官先生？」

「……對了，妳這傢伙也在，淫亂的惡魔。」

獅子王巴爾蒙克。

率領悠倫人類反旗軍的傭兵的指揮官，看了夢魔姬一眼，深深嘆息。

「惡魔，妳聽好。這是將幻獸族逼入絕境的唯一機會。不許妳擅自行動。」

「何必嘴硬。想收拾牙皇，需要我的力量吧？」

「……這跟那是兩碼子事。」

「啊哈哈，別擔心，我不會背叛你們。我也看幻獸族不順眼，在清掉他們前，我會安分點。」

嬌笑聲於冰冷的空氣中響起，海茵瑪莉露抬起視線。

「凡妮沙姊姊大人好像也玩得很開心。」

營地前方——

高聳的死火山，頂端被紅蓮火焰染成鮮紅。

雷光從天而降，山頂不時傳來疑似爆炸聲。破壞的規模大到只能以天崩地裂形容。

……真的太驚人了。

……不過如果那樣的激戰要持續一整晚，對我們來說剛好。

三位英雄在互相爭鬥，不可能有辦法保存力量。即使他們的力量將近無限大，照理說在這個當下，他們也在持續消耗著。

「馬上就要天亮了。」

巴爾蒙克凝視著地平線的另一端。

「貞德閣下，我想立刻動身。準備好了嗎？」

「我的親衛隊也處於待命狀態。可是閣下的身體狀況沒問題嗎……？直到數小時前，您都還下不了床不是？」

「沒問題。不如說無論傷勢再重，我都非去不可。」

獅子王點頭回答，一拳敲在支撐帳篷的柱子上。

「六元鏡光那傢伙，竟敢突然對我下毒。究竟是什麼意思……」

「下毒？」

聽見巴爾蒙克自言自語般的咕噥聲，凱伊和貞德面面相覷。

有聽說這回事。

巴爾蒙克想追著傭兵王阿凱因上山，突然遭到六元鏡光的妨礙。

……對。我也一直很好奇。

……得問問巴爾蒙克本人才行。

其中一名指揮官中毒了。

這直接導致烏爾札和悠倫的聯合部隊撤退到這個地方。

『沒死。只是中了鈴蘭的毒，不能動。』

『這個人類（巴爾蒙克）交給你。雖然很笨，現在讓他死掉太可惜了。』

現在。

靈元首・六元鏡光投身於加上冥帝及牙皇的混戰之中。那麼——

倘若六元鏡光沒有阻止他（巴爾蒙克）？

……巴爾蒙克肯定會被捲入三英雄的激戰。

……就算是他也可能沒命。

唯一想得到的可能性就是——

六元鏡光在擔心人類？

可以確定聖靈族有自己的目的。但凱伊對此毫無頭緒。

「呵呵。」

這時，夢魔姬獨自竊笑。

不知為何滿意地抱著胳膊。

「是嗎是嗎，原來如此。」

「海茵瑪莉露，妳明白什麼了嗎？」

「沒事啦，大木頭……哦——那個聖靈族的首領，這麼喜歡人類（這傢伙）呀。聖靈族的喜好真令人意外。」

她轉頭望向巴爾蒙克。

「人類的指揮官，你不是趕時間嗎？再不快一點，你心愛的黏稠生物就要被幻獸族踩扁嘍。」

「什麼叫我心愛的！」

「不是嗎？那要放著她不管？」

「這可不行。」

巴爾蒙克用燃燒著熊熊鬥志的雙眼，俯視惡魔少女。

「聖靈族都在戰鬥了。如果人類(我們)不上戰場，選擇撤退，有損悠倫人類反旗軍的尊嚴。」

「是喔——？」

「……那討厭的笑容看了真讓人不爽。總之馬上出發。貞德閣下，現在就安排車子！」

「等一下，指揮官。海茵瑪莉露，我有件事想問妳。」

凱伊叫住了大步走向出口的獅子王。

「惡魔很擅長傳送法術對吧。不能用那招嗎？」

「要我把你們傳到那座山的山頂嗎？我想想……」

夢魔姬雙臂環胸，陷入沉思。

「有凡妮沙姊姊大人在，傳送用的記號也設置好了。可是傳送法術比較特殊，用完會很累。你想快點過去？」

「不，我是想偷襲。」

凱伊回答，環視本部的眾人。

不只海茵瑪莉露。這是需要告訴所有人的策略。

「既然拉蘇耶在那座死火山戰鬥，最好假設他手下那些幻獸族也會在中腹待命。」

「……是沒錯。」

「我們想爬山上去的話，十之八九會受到阻礙。我想避免這種事發生。」

那名獸人直覺異常敏銳。

猜到人類會抓準這個機會，反過來設下陷阱也不奇怪。貿然前進的話，會被數不清的幻獸族襲擊。

「我想盡量省略爬山這個過程。然後就想到有傳送法術可以用。貞德，妳覺得呢？」

「……我想先跟花琳談談。」

貞德皺起眉頭。

「要緊急商量一下。巴爾蒙克閣下意下如何？」

「我嗎？事到如今，作戰計畫多少有些更動，我也不會驚訝。就算是脫離常識的策略也一樣。不過可能得花點時間跟部下說明，更重要的是……」

另一名指揮官一臉無奈。

「要我相信那個惡魔的法術，我還比較不安。」

「哎呀，真膽小。」

「妳說誰膽小！」

「算了，我也不需要拖油瓶。在場這幾個人、車上的蠻神族跟我的玩具莎琪就夠了。凱伊，把她們叫來。」

夢魔姬當場蹲下。

像在寫字似的，用纖細的指尖撫摸地面。手指的軌跡就這樣化為暗色圓環，於凱伊一行人的腳下擴大。

「想來的人過去就夠了。」

「喂、喂，惡魔！妳該不會想把整個本部傳送過去吧！」

「我不是說了嗎？其他人類只會礙事。」

海茵瑪莉露的手指沒有停下。

凱伊他們腳下的法術圓環，迅速變成能將本部帳篷包圍的大小。而這個擴大的過程——

「！」

隨著海茵瑪莉露的咂舌聲停止。

「被妨礙了。不曉得是誰，凱伊，你有頭緒嗎？」

「妳說什麼？」

「凡妮沙姊姊大人準備的記號被消去了。那座山的山頂，有人預料到這一招，妨礙我施術。」

「……應該不會是六元鏡光。我想得到的只有拉蘇耶。」

「不是他。那種野獸不可能聰明到摧毀凡妮沙姊姊大人的記號。」

不是牙皇拉蘇耶。

那會是誰？

沿著冥帝凡妮沙事先留下的法力軌跡，將記號盡數抹消。

「想干預那場戰鬥的不只我們？」

「我心情不太好，快走吧。」

法術圓環發出響亮的啪一聲後破裂。

夢魔姬的手指沒有離開地面，接著描繪起其他圖案。

「傳送到山頂的法術有人妨礙，我改成離那裡最近的記號。真期待那邊有什麼東西。」

2

黎明——

一發槍聲撼動了火山湖的湖面。

「所以？那又如何？叫阿凱因的人類。」

銀白色子彈從正面射過來。

牙皇拉蘇耶在它射穿自身的額頭前，將身體壓低到幾乎快貼到地面上。如同獅子般，用四隻腳飛奔而出。

「你只會開槍?怎麼可能。好歹是自稱希德的人。」

他以會留下鮮紅殘影的速度奔跑，逼近持槍的希德。

「……哦?」

「野獸終究是野獸。」

傭兵王阿凱因・希德・柯拉特拉爾嘀咕道，獸人的爪子在同時撲了個空。

——動作被看穿了。

超乎常人的爆發力及反應速度自不用說，這位傭兵王在牙皇動作前，就先採取了行動。

「瞄準獵物的動作太單純了。這樣連一隻兔子都抓不到。」

「對啊。你就在我把你當兔子抓的期間努力掙扎吧。讓我見識一下這個世界的希德有多厲害。」

野獸的嘲笑。

希德置若罔聞。

「就這麼辦。」

他一面跳向斜後方，一面開槍。

在擁有出類拔萃的反應速度的牙皇眼中，慢得他都快打呵欠了。這種彈速根本是在叫人躲開。

獸人的視野變成一片白色。

「！」

炫目的朝陽灼燒雙眼。

對於連在暗夜中都看得清的幻獸族來說，直射的陽光反而太過刺眼。

「原來如此。」

這個希德背對著朝陽開槍。

不是單純逃向後方，而是要藉由強光封住拉蘇耶的眼睛才改變方向。

因為山頂這個地形，是最適合讓敵人直視陽光的戰場。

「我就是為了這個才等到天亮。僅此一次的機會。」

「你很笨耶。就是因為你只有這點本事，我才會說『那又如何』，人類。」

牙皇閉著眼睛衝上前。

除非是在極近的距離下，否則不用看也閃得掉。只要往跟拿槍的希德相反的方向跳即可。

「再說一遍。我就是為了這個才等到天亮。」

「什麼！」

銀白色光芒於拉蘇耶的肩膀炸裂。

——跳彈。

拉蘇耶閃開的子彈，射中背後的岩石，又在岩壁上反彈回來，射穿獸人的左肩。

「封住你的視線，不是為了讓你看不見子彈。是要讓你沒發現背後的岩石。」

「唔……！」

拉蘇耶勉強睜開被陽光灼傷的雙眼。

力量逐漸流失。

整隻左臂被銀白光芒籠罩，再怎麼集中力量都動不了。

「這把槍的力量是『畏怖』。你那隻手已經臣服於我。。」

「原來如此。這就是射中六元鏡光的子彈嗎？」

「你果然是怪物。」

傭兵王阿凱因再度將槍口指向左手動不了的牙皇。

「一隻手啊。其他幻獸族(野獸)明明一擊就會倒下。連聖靈族的英雄都在火山湖不支倒地了喔。」

「很遺憾，我們作為生物的強度有差距。」

看著指向自己的槍口，火焰獸人反而上前拉近距離。

那又如何？

僅僅是一隻手動不了，無法撼動最強生物拉蘇耶的寶座。

「那道銀白色的光真令人好奇。很像世界座標之鑰。沒錯。我一直很在意。」

「…………」

「你從哪弄到那把會發光的槍的？」

「…………」

「我換個說法。是『誰』給你的？」

拉蘇耶露出利牙，咧嘴笑著。

他已經知道了。躲在希德這名人類背後的大始祖的存在。

「告訴你預言的——嘖。少來礙事……」

牙皇與傭兵王。

雙方一回頭，幾乎在同一時間撲到地上。

於後方浮現的，是將山頂一帶整個覆蓋住的暗色法術圓環。

——冥唱「吾之樂園啊，瘋狂炸裂吧」。

地面「轟！」一聲沸騰。

從法術圓環噴出的爆炎，將附近一整片的岩石燒熔，隨著無數火花升向空中。

「妳比想像中還沒耐心呢。這麼拚命，就為了打倒我。」

「哈哈，妳以為朕的目標只有妳一個？並不是。擁有希德之名的女人。」

惡魔飄在火焰氣流之上。

冥帝凡妮沙站在法術圓環的中心，挺起胸膛，展開雙臂。

「礙事的傢伙全都要消失。」

包括傭兵王阿凱因和牙皇拉蘇耶。

以及與冥帝對峙的少女。

用業火燒盡萬物的大法術。牙皇和傭兵王察覺到殺氣，在千鈞一髮之際逃過一劫。

另一方面——

少女(希德)光著腳走在火焰氣流中。

連岩石都能燒融的超高溫火焰，對她而言彷彿只是深紅色的地毯。

「冥帝凡妮沙，妳真該慎重一點。這樣應該就不會被印上我的『刻印』了。」

「刻印是指這一小顆痣嗎？」

凡妮沙的手腕上有顆小小的痣。

這是在接近人類兵器特蕾莎·希德·菲克時印上的刻印，但她不知道有什麼效果。

「封印朕的力量……不對。對妳的攻擊暫時無效嗎？」

「答錯了。」

「唔？那妳為何有辦法在這爆炎中毫髮無傷？若非持有世界座標之鑰，人類不可能承受得住。」

她揚起紅潤的嘴脣。

帶有惡意的冷笑，就像想到有趣的惡作劇一樣。

「自稱希德的女人。妳的力量是誰給的？」

「…………」

「噢，不必說。朕可是夢魔。朕會慢慢奪走妳的心，讓妳自願招供。」

『沒效率。』

怒不可遏的聲音，來自冥帝及特蕾莎遙遠的下方——

從山坡下的火山湖傳來。

『立刻從實招來。這是鏡光回敬妳的。』

火山湖消失了。

幻獸族用來當棲息地的巨大湖泊徹底乾涸，深藍少女憤怒地瞪著兩位希德。

「這個聖靈族……」

「該不會把火山湖的水全吸收掉了？」

然後讓細胞再生。

跟擁有最強肉體的拉蘇耶比起來，在另一種意義上無限接近不死身的英雄。最古老的黏稠生物舉起手臂。

『做好覺悟了嗎？那麼去死吧。』

小小的拳頭，一步步變成連幻獸族應該都會被壓制住的極大水球。

「！慢著，六元鏡光，揮下那個的話別說質問了——」

『不關鏡光的事。』

賢者的怒火——

在憤怒的驅使下揮動的水塊拳頭，轟散死火山的山頂部分。

山峰少了一塊。

因冥帝的法術而熔化的地面化為坑洞。其破壞力連擁有幻獸族最硬鱗片的地龍，想必都抵擋不了。

『……有擦到。不會毫髮無傷。』

六元鏡光在揚起的塵土中環視四周。

恢復成原本大小的拳頭上沾著鮮血。不是惡魔族，也不是幻獸族的血。是希德的血。

『…………』

「不愧是聖靈族的英雄。剛才那招真的嚇到我了。」

聲音從六元鏡光遙遠的後方傳來。

傭兵王阿凱因的身影於沙塵中浮現，額頭血流不止，臉上卻帶著悽慘的笑容。

「果然是怪物。竟然不靠法力，而是靠單純的力量引發天崩地裂。」

跪在地上的少女站起身。

她的嘴角也掛著一條血，可能是因為衝擊而咬到了嘴巴。

「難怪預言神會害怕。包含不在場的蠻神族在內，你們太強了。」

『……預言神？』

「我確信了。四種族(你們)果然無可救藥。不該得到救贖。」

「沒錯。就在這結束一切吧。」

「迎接對四種族(你們)來說是絕望，對人類來說是救贖的未來——」

兩位希德。

傭兵王阿凱因和人類兵器特蕾莎你一言我一語，一步步後退。

「結束了。」

「你們三種族已經無法逃離這個命運。最後一個烙印上，確定了我們的勝利。」

「——我的槍的力量是『畏怖』。你們無法抵抗，只能聽從。」

「——我的神祕的力量是『刻印』。你們無法逃跑。」

他們在說什麼？

冥帝凡妮沙、牙皇拉蘇耶納悶地沉默不語。只有以賢者之名為人所知的六元鏡光，一直在喃喃自語。

『————』

「六元鏡光？」

『……想不起來。很久以前，好像發生過同樣的事……』

兩位希德轉身離去。

三英雄還來不及追過去，兩人就混入沙塵之中，從山頂消失。

——傭兵王希德的「畏怖」，留在六元鏡光和牙皇身上。

——人類兵器希德的「刻印」，留在冥帝身上。

殘留於三英雄體表的記號，依然持續散發微光，揮之不去。

「逃走了？束縛住我手臂的記號又不是永久的。竟然放過千載難逢的機會，真浪費。」

「是啊。說得沒錯。」

「哎喲！」

連一眨眼的時間都不到。

拉蘇耶的注意力轉移到自身的左臂上時，超低溫的冷氣擦過他的鼻尖。

「哈哈，不愧是惡魔的首領。這種冷血無情的部分，我不討厭喔。」

「冷血無情？是你自己杵在那邊。」

『沒錯。就只是臨時的阻礙消失了。』

三位英雄站在被挖穿一個洞的山坡，看著彼此。

阻礙（希德）消失了。

那麼就繼續戰鬥。僅此而已。

「六元鏡光，妳還要繼續逞強嗎？瞞不過我的鼻子。」

『什麼東西？』

「剛才那種子彈，兩發都射中了妳的核。妳應該非常難受吧？」

『不影響計畫。』

黏稠生物少女一本正經地回答。

『鏡光有義務回收鏡光的寵物。在這消滅你，帶著寵物回到悠倫聯邦。這樣就結束了。』

「……嗯？寵物？」

過於出乎意料的詞彙，令拉蘇耶納悶地眨了下眼。

「六元鏡光，妳指的是？」

『鏡光找到的人類。不給你，那是只屬於鏡光的寵物。』

「所以到底是什麼？妳總不會喜歡玩文字遊戲吧？」

『不告訴你。』

「……莫名其妙。」

拉蘇耶目瞪口呆。

這段對話不像賢者六元鏡光會說出來的，導致拉蘇耶的注意力分散了一些。

因此——

牙皇拉蘇耶沒能對突如其來的砲擊做出反應。

對幻獸榴彈（火箭砲）發射器的子彈。

挾帶強大氣流的火砲直接命中。黑色火焰伴隨巨響及衝擊開出一朵花，將紅蓮獸人包覆住。

「巴爾蒙克指揮官，第一彈命中了！」

「幹得好。砲擊部隊（你們幾個）在這待命。」

三名傭兵一起扛著一門對幻獸榴彈發射器。髮型如同獅子鬃毛的指揮官面色凝重，從他們身後衝上山坡。

看著瀰漫四周的煙霧。

「千萬別大意。敵人可是那個牙皇（怪物），這種程度對他而言，應該跟被蚊子叮沒兩樣……喂，找到妳了，六元鏡光，妳竟敢算計我！」

『……呃？說人人到。』

六元鏡光發出相當錯愕的聲音。

她俯視著正在衝上坡道的人類。

『鏡光的寵物跟過來了。是管教不足嗎……』

「誰是妳的寵物！突然攻擊我，還擅自跟牙皇開戰。虧妳還有臉說要聯手戰鬥！」

『你在擔心鏡光？』

「……什麼？」

『你是因為擔心鏡光才趕過來的？鏡光不在，你會寂寞？』

她盯著人類巴爾蒙克。

在當場愣住的巴爾蒙克面前無奈地說：

『那就沒辦法了。』

「蠢、蠢貨！誰會擔心妳——」

「我沒耐心繼續袖手旁觀了。凡妮沙姊姊大人。差不多該讓我加入了吧。」

聲音來自巴爾蒙克頭上。

夢魔姬毫不掩飾身分，拍著背上的翅膀，降落於君主冥帝凡妮沙身旁。

「傳送法術遭到妨礙，害我來遲了，在此向您道歉。」

「無妨。我想問的是……」

惡魔族英雄低頭望向夢魔姬抱著的人類。擁有一頭獨特橘髮的少女，在冥帝面前嚇得面無血色。

「那東西是？」

「這個人類是我的玩具。挺好玩的，我就帶過來了。」

「冥……冥、冥帝凡妮沙……是真的……？」

被夢魔姬從身後抱住，烏爾札反旗軍的傭兵莎琪動彈不得，仰望冥帝。

「對呀，莎琪。要好好打招呼喔。」

「不要啊啊啊啊對不起對不起！原諒人家不要吃人家，是說為什麼是人家啦——！」

「啊哈哈，莎琪，妳果然很可愛。妳符合我的期待嚇成這樣，我好高興喲……嗯。這樣我就滿足了。凱伊，你不是有話要跟凡妮沙姊姊大人說嗎？」

夢魔姬抱著莎琪退後。

——凱伊從遙遠的下方看著她們的互動。

然後跑上山頂。

旁邊是板著臉的鈴娜，以及同樣神情緊繃的蕾蓮。貞德也帶著部下從後方追上。

「……就是這傢伙嗎？老身也是初次見到。」

精靈巫女凝視冥帝凡妮沙，咬緊下脣。

大概是看見從惡魔的全身上下散發出的驚人法力，瞬間就看出對方的身分了。

「法力的漩渦跟暴風一樣猛烈。凱伊，鈴娜，汝等真的曾經戰勝過這個怪物？」

「我不是說過嗎？不是戰勝，比較接近那傢伙自滅。」

連精靈巫女都懷疑自己看錯，強大無比的惡魔。

對於從後方追上的貞德和花琳，以及烏爾札人類反旗軍的傭兵來說，應該是第一次見到她。

……我也沒想到這輩子可以見到她兩次。

……甚至連她是跟冥帝很像的冒牌貨的可能性都考慮到了。

冥帝凡妮沙真的消滅了，現身於此處的，會不會是其他惡魔？

凱伊也這麼懷疑過，但實際見到面，他的疑惑立刻煙消雲散。不會有錯。

眼前這個人，無疑是冥帝凡妮沙。

「凱伊，你真冷淡啊？」

冥帝凡妮沙揚起嘴角，彷彿要用這抹笑容驅散緊張的氣氛。

「別用那種受驚野獸的眼神看朕。朕說過對吧？下次要『玩得更開心點』。」

「……我就是不明白那句話的意思，才會做出這種反應。」

「那就要看你了。」

她以如歌唱般的語氣愉悅地說。

「瞧你這麼急著趕到朕身邊。想必有什麼要事吧？若那件事足夠『有趣』，朕可以將對你的憤怒一筆勾銷。」

被看透了。

她肯定隱約察覺到自己（凱伊）想要說什麼了。

「……好，我知道了。」

凱伊右手拿著亞龍爪。

把它刺進腳下的地面。

「我有話想跟在場的所有人說。」

藉由放下武器表明態度。「目前」不打算戰鬥的態度。即使是異族，應該也看得出來。

「六元鏡光、冥帝凡妮沙，你也是，拉蘇耶。」

在對幻獸榴彈發射器的火焰中。

紅蓮身影微微晃動，凱伊用眼角餘光看得一清二楚。

「給我出來。」

「原來如此，被發現啦。」

紅蓮獸人從火焰中爬出。

看見那詭異的姿態。

貞德的親衛隊同時震驚得向後退去。

——長在背上的異形。

從火焰中走出的牙皇拉蘇耶，外觀產生了變化。背部到脖子附近的肉劇烈膨脹，變成怪物的上半身。

……與切除器官融合。

……肯定是拉蘇耶的王牌，他沒打算藏嗎？

獸人剛才刻意消除了氣息。

想必是為了藏在火焰中，爭取時間取出體內的切除器官。

「本來打算趁你的注意力放在冥帝身上，從後面偷襲呢。」

「現在呢？」

「那就要看你了。只有這一點，我跟冥帝有同感。」

牙皇拉蘇耶張開雙臂。

背上的切除器官的上半身像在附和他似的，做出同樣的動作。

「畢竟你對我們而言是特別的，從找到世界座標之鑰的那一刻起。所以你說吧。視內容而定，我可以再讓你多活一陣子。」

「——我們搞錯了要對付的敵人的優先順序。」

太陽從地平線下方升起。

凱伊沐浴在刺眼的陽光下，依序望向三位英雄。

「『我們』指的不是人類。聖靈族、惡魔族、蠻神族，幻獸族也是。大家都是受到煽動，才會互相敵視。」

六元鏡光沉默不語。

冥帝凡妮沙與夢魔姬一同抱著胳膊。

牙皇拉蘇耶一隻眼睛瞇得跟針一樣細，另一隻眼則瞪得大大的，露出左右不對稱的表情。

然後——

貞德、巴爾蒙克兩位指揮官及其部下，同時屏住氣息。

「我知道。」

在寂靜的山頂，紅蓮獸人喃喃說道。

「這不是我之前說過的嗎？正史的希德被大始祖煽動。有個難纏的傢伙躲在檯面下操弄五種族大戰。是我告訴你的吧。你是在照搬我說的話？」

「還有後續。」

「！」

幻獸族英雄身體一顫。

憑凱伊這句話，他就察覺到其中的含義。

「人類（凱伊）？意思是你——」

「我大概猜得到大始祖是誰，以及在哪裡做些什麼。」

「——————哈！啊哈哈哈哈哈哈哈哈哈哈哈哈——————！這樣啊，那真是太棒了！」

震耳欲聾的咆哮。

拉蘇耶的笑聲蘊含難以言喻的瘋狂，足以令屏息看著這一切的人類反旗軍臉色立刻刷白。

「幹得好，人類（凱伊）。你找到了我拚了命在找的大始祖？到底是怎麼……不，方法先不論。把你發現的線索說來聽聽。」

「預言神。」

凱伊只說了一句話。

「那傢伙從來沒有隱藏身分。光明正大地自稱『預言神』，跟正史的希德接觸。給予建議，讓希德能在五種族大戰中獲勝。名為祈子阿絲菈索拉卡。」

「……什麼！凱、凱伊，這話什麼意思？」

貞德的吶喊於黎明的天空下響起。

「請你從頭解釋一遍。那尊女神像確實不是尋常的存在……但她不是激勵了我們，叫我們為拯救人類而戰嗎……」

「我本來也這麼認為。不過，那是陷阱。」

先知希德亦然。

被選為人類的救世主，受到引導，踏上戰場。在不知道這不是為了人類，而是為了大始祖的情況下——

『我原本是想拯救鈴娜的，卻被自稱大始祖的怪物妨礙。』

『別相信預言神。』

『預言神？』

站在巴爾蒙克身旁的六元鏡光，重複了一遍凱伊所說的話。

『鏡光沒聽過。那是什麼？』

「躲在先知希德背後的傢伙。我知道的只有一位，但還有其他的。總共有兩位，搞不好更多。」

凱伊看過的只有祈子阿絲菈索拉卡。

可以猜到除了她以外，還有一位大始祖在指引傭兵王阿凱因。

「朕認識的『那個希德』被操縱了？」

冥帝壓低音量。

「那傢伙把世界座標之鑰交給了朕，叫朕千萬別讓這把劍落到其他人手中。連這都是你口中的大始祖計劃的？」

「我覺得這是希德本人的意思。結束大戰的他十分煩惱。」

坦承罪行，名為「贖罪」的儀式。

對先知希德來說，給予包含冥帝凡妮沙在內的四位英雄的預言，就是他的贖罪。

「我想說的只有一件事。聽好，就算繼續進行大戰，也不會有贏家。」

惡魔族的冥帝凡妮沙，以及夢魔姬。

聖靈族的靈元首・六元鏡光。

幻獸族的牙皇拉蘇耶。

蠻神族也有精靈巫女蕾蓮在場。

再加上人類的指揮官，來自北方（烏爾札）及南方（悠倫）的貞德和巴爾蒙克兩人。

……只有這一刻了。

……在這麼短的時間內，這是我能想到的最佳方案。

回歸起點。

就是打倒引發世界輪迴的元凶。

「不是要你們立刻停戰這種誇張的提議。可是大始祖應該在悠閒地觀戰。既然如此，我們有必須先去做的事。」

『找到大始祖——』

「然後打倒他。之後再重新開戰？」

開口的是六元鏡光，還有冥帝凡妮沙。

剩下的牙皇拉蘇耶保持沉默，不過看起來沒有意見。

「不相信的話就跟我來吧。我知道其中一位預言神在哪裡。你們可以等看到那傢伙之後再決——」

『沒那個必要。』

『我們從未欺騙人類。因為我們是預知未來的預言神。』

天上傳來沙啞的老者聲音。

地下傳來宛如咆哮的野獸腳步聲。

感覺到那兩股氣息的瞬間，凱伊的背脊竄上令人窒息的寒意。

——要來了。

超越常識的存在在靠近。

連天生不具備法力，也感覺不到法力的人類都感覺得到，擁有壓倒性存在感的「某種東西」。

『————！不敢相信。竟然有這種東西！』

率先有反應的是六元鏡光。

她輪流瞪向天與地。

「凡妮沙姊姊大人，這股氣息……！」

「真是痛快啊，海茵瑪莉露。」

統率惡魔的英雄瞥了進入備戰狀態的夢魔姬一眼，毫不掩飾不悅的咂舌聲。

「擁有如此氣勢的東西，竟然瞞著朕潛伏於這個世界。」

「哦？終於露出本性了，叫大始祖的。」

牙皇拉蘇耶仰望的，是逐漸升上空中的太陽。

獸人瞇著眼睛注視的方向——

巨大的氣息混雜在照亮世界的陽光中，浮上死火山的頂端。

『我是光帝伊夫。負責用光芒照亮整片大地。』

籠罩著神聖的銀白光芒——

形似莊嚴的老者胸像的東西，現身於凱伊一行人頭上。

除此之外。

『我是命運龍密斯加謝洛。負責將人類的命運導向祝福。』

在光帝伊夫的光芒照射下，地面出現一塊黑影——

影子蠕動著膨起，體型足以與幻獸族匹敵的深紫色巨龍爬了上來。

……兩個都不是阿絲菈索拉卡。

……預言神……不對，大始祖總共有三個嗎！

冷汗不斷從額頭滴落臉頰。

指揮官巴爾蒙克面無血色。

連已經看過一位預言神的貞德，都半張著嘴僵在原地。

在這之中，只有一個人——

「凱伊……」

少女緊緊貼在他的身後。

抓著他背部的衣服，在自稱預言神的存在面前隱藏身姿。

「……好可怕……」

鈴娜在發抖。

「我好不安……這些傢伙，絕對絕對不是好人！」

混血種鈴娜斷言道。

自稱預言神的大始祖——

『人類啊，無須畏懼。讓我們結束可恨的五種族大戰。』

『由我們引導你們。這場大戰，將於此時此刻終結。』

像在嘲笑她似的如此宣言。

World.5

Chapter:

為人類未來（絕望）揭開序幕

Phy Sew lu, ele tis Es feo r-delis uc l.

1

太陽升起。

陽光從地平線另一端滿溢而出，劃破漆黑的夜幕。

然而，現在又如何？

另一個太陽。足以取代地平線上方的太陽的神聖銀白光輝，照亮整座死火山。

——光帝伊夫。

光芒來自這名形似老人胸像的預言神。

「凱伊啊，老身終於明白汝說的話……為何汝所在的正史世界，人類能夠獲勝。」

蕾蓮的雙眼被光之洪水灼燒著。

「竟然潛藏著如此的怪物。原來如此，蠻神（咱們）族吞了敗仗一事，或許未必是子虛烏有。」

『潛藏？這個形容詞真是難以理解。低賤的蠻神族。』

老人的聲音參雜在光芒中。

『我無所不在。與太陽共同升起，與太陽共同落下——』

『而我會隨著無光之夜現形。』

光帝伊夫的光芒下。

巨龍有如凝聚在那裡的黑影，緩緩抬起脖子。身體是看似有毒的深紫色斑點花紋，眼睛跟蛇一樣鮮紅且小。

『在正史世界，我們找出了先知希德。』

『希德正是我們預言的執行者。我們與希德同在。這能用潛藏一詞形容嗎？』

從天而降的光之聲。

撼動大地的鳴動聲。

兩者皆強大無比，帶有迫使人下意識退後的威壓。

「這、這說詞完全說不通！」

精靈巫女吶喊道，掀起七彩的衣裳。

「既然汝等主張不肯現身不代表『潛藏』，為何選在此刻出現！」

『——』

「八成是在害怕凱伊說明一切，大戰的五種族締結同盟，因此只得親自出面。汝等不是主動現身。是被凱伊揭露的真相揪了出來吧。」

『————』

「說、說話啊！」

預言神一語不發。

兩位預言神散發的魄力令人不寒而慄，默默訴說著他們並非無言以對，而是蠻神族不值得讓他們回答的拒絕之意。

「汝等……」

「哈，那邊的蠻神族啊，朕教妳一件事。」

嬌笑聲從天而降。

冥帝凡妮沙在蕾蓮視線前方的天空——光帝伊夫的上方飛翔。雙手寄宿著強大的法力。

「對這種暴徒無須多言。燒成灰燼即可。」

「我們很合得來喔，冥帝。」

與此同時，牙皇拉蘇耶也用震碎岩石的力道跳躍。

「六元鏡光，妳打算怎麼做？」

『只有現在跟你有同感。』

深藍少女舉起拳頭。

對斑點花紋的龍，揮下剛才把兩名希德一擊揍飛的最大質量的拳頭。

——分秒不差。

三英雄一句話都沒說，就意識到了。

打倒預言神是最優先事項。

冥帝凡妮沙在耀眼的上空以法術攻擊光帝伊夫。

地上則是加快速度，想一口咬住命運龍密斯加謝洛的喉嚨的牙皇拉蘇耶，以及揮下拳頭的六元鏡光。

——『無用』、『無為』。

——『我是世界的光』、『我是命運的保護者』。

三英雄飛了出去。

包含凱伊在內的所有人類，看見的都是這個畫面。

……不會吧。

……怎麼可能會有這種事。

如同破壞的化身的英雄們跪倒在地。

冥帝凡妮沙的部下夢魔姬也為此瞠目結舌。她肯定從來沒看過君主倒地的模樣。

「凡妮沙姊姊大人！」

「……無聊的小把戲。」

低膝跪地的惡魔英雄憤怒地說，嘴角露出利牙。

手腕上有一顆發光的痣。

「叫大始祖的。瞧你們登場時這麼大張旗鼓，所作所為卻像個小嘍囉。那兩個希德果然是你們指使的。」

『特蕾莎是我力量的代行者。』

「老實承認吧。你們害怕跟朕正面對決。」

冥帝凡妮沙墜落於地面，不是因為光帝伊夫的力量。

剛才跟「兩位希德」戰鬥時被烙印上的「刻印」嚴重擾亂了法力，察覺到這件事的冥帝主動拉開距離。

「『希德』和大始祖是相互依存的關係。這樣啊。剛才的子彈是為了這個。」

牙皇拉蘇耶按著左肩起身。

被傭兵王阿凱因射中的肩膀，疼痛迅速擴散，銀白光芒代替鮮血噴出。

「叫光帝伊夫的那個胸像。這光是你的東西嗎？」

『正是。』

紅蓮獸人仰望天空——

代替太陽支配天空的耀眼預言神回答道。

『我是光帝。我的力量是畏怖。在我面前站著的人，只能乖乖下跪。』

『……名字裡有光，手段卻很卑鄙。』

六元鏡光也搖搖晃晃地站起來。

背上噴出銀白色的光芒，她同樣被傭兵王阿凱因的子彈射中。

『你以為這樣就能壓制住鏡光的力量？』

「我也覺得。區區一隻手臂。而且還是暫時性的吧。如果你們以為這點小事就能占上風，要不要試試看？」

牙皇冷笑著說。

在凱伊眼中，這絕非虛張聲勢。

……拉蘇耶不是在逞強。我也覺得是大始祖占下風。

……大始祖惹到了三英雄。

預言神有兩位。

三英雄則還有無數的部下。惡魔族、聖靈族、幻獸族全是敵人。就算是預言神——

『命運不會改變。』

『預言即將成真。大戰會在此結束。』

光帝伊夫接在命運龍密斯加謝洛後面說。

注意力被過於巨大的兩位預言神吸引住，導致包含凱伊在內的所有人，都沒發現暗地接近的氣息。

『阿凱因啊，射出最後一發子彈。』

光帝伊夫下令。

——槍聲。

沒人來得及對那發子彈做出反應。

銀白色子彈，射中了蠻神族蕾蓮的側腹。

「…………嗚！」

凱伊發現時，精靈巫女已經發出虛弱的悲鳴倒在地上。

連抱住她都來不及。

「蕾蓮！」

鈴娜放聲驚呼，連忙跑到精靈身邊。

「蕾蓮，振作點！」

「……唔…………這、這點傷……不足掛齒……」

精靈喘著氣點頭。

沒有流血。被射中的側腹噴出銀白光芒的現象，跟牙皇和六元鏡光一樣，不過蕾蓮也沒有失去意識。

「只不過是人類的子彈……雖然感覺得到老身的法力被打亂了，老身可不會因為這點小事就被打倒。別小看精靈……！」

「打倒？這誤會可大了。」

怒火中燒的蕾蓮後方。

穿黑色長袍的少女爬上山坡，用清澈的聲音說道。凱伊沒見過這個人，但她的身分很容易就推測得出。

……預言神有兩位。每位照理說都跟著一名希德。

……所以她也是？

這個世界的希德。

詫異的視線集中在少女身上，她將身體靠向斑點花紋的龍。

「等等要發生的，是更美麗的事。對不對，密斯加謝洛？」

『——北方的指揮官貞德。南方的指揮官巴爾蒙克。以及其麾下的人類反旗軍傭兵啊。看清楚了。人類的時代將揭開序幕。』

命運龍密斯加謝洛張開翅膀。

龍的咆哮響徹四方。

『我是命運龍密斯加謝洛。在正史授予先知希德墳墓的存在。』

正史的未解析神造遺跡。

其創造主就在這裡。

『召喚墳墓。』

天旋地轉。

天空在腳下，乾燥的大地在頭上。

——整個人被翻過來了。

仰倒在地上帶來的疼痛，使凱伊察覺到發生在自己身上的異狀。足以將人震暈的鳴動，導致他連身體都來不及保護就摔倒了。

「這、這陣晃動是！」

撼動死火山的激震，導致獅子王巴爾蒙克重心不穩，跪倒在地。

蕾蓮和鈴娜互相攙扶，勉強站著。

「這、這是什麼。怎麼回事啊精靈！」

「別問老身！」

巨石接連從山頂滾下，無數的沙子也從山坡滑落懸崖。在這陣巨響中——

山腳的平地隆起，巨大建築物自地底浮現。

顏色是大理石般的白。

前所未見的三角錐狀未解析神造遺跡。那是——

「該不會……！」

白色墳墓。

人類的墳墓。

先知希德曾經說過，「大始祖隱藏的第五座封印領域」。不過大戰時並沒有用到。

因為對大始祖而言，「人類」不足為懼。

……是藏在這座聯邦的東西。

……把鐵屑之都亞基特地底的墳墓傳送過來了嗎！

預言神的力量深不可測。

但凱伊關心的不是這個。問題是，他們把未使用的墳墓傳送過來有何企圖。

背脊發涼。

什麼事都還沒發生，冷汗卻不停滑落臉頰。

『吾乃命運龍。以特蕾莎賦予的「刻印」為記號，進行封印。』

『吾乃光帝。以阿凱因賦予的「畏怖」為記號，禁止所有的抵抗。』

封印身上帶有刻印記號的存在。

畏怖的記號烙印在身上，導致被烙上刻印的人完全無法抵擋封印。

惡魔族（凡妮沙）、幻獸族（拉蘇耶）、聖靈族（六元鏡光）。

蠻神族（蕾蓮）也被印上大始祖的記號。

「要終結五種族大戰？墳墓？…………………………難道……不會吧！」

為何沒發現？

仔細一想就會知道。因為預言神的目的是重現正史。

「蕾蓮快逃！妳不能待在這裡！」

「咦？」

「六元鏡光、凡妮沙！拉蘇耶你也是…………！」

凱伊嘶聲吶喊。

這是不對的。

這種結局，什麼都不會改——

『啟動墳墓。』

三英雄的身影扭曲了。

如同倒映在水面的影子，因漣漪而扭曲。

「凡妮沙姊姊大人！」

「六、六元鏡光，妳怎麼變成那樣！」

逐漸扭曲。

看見冥帝凡妮沙身體變了形，她的部下海茵瑪莉露尖叫道。

後面的獅子王巴爾蒙克，看見同樣全身歪斜的六元鏡光，大聲驚呼。

「怎麼了，海茵瑪莉露？」

『幹嘛？你突然大叫，鏡光不明白你想表達的意思。鏡光心胸寬大，不會不聽你說話，有想說的就該好好說出來。』

凡妮沙跟六元鏡光都沒發現。察覺不到「刻印」的記號帶來的變化，完全無法抵抗。

「……六元鏡光，妳沒發現嗎！發生在妳身上的異狀！」

『咦？什麼？』

黏稠生物回問，身體浮起。

接著，一陣暴風。

四周吹起參雜黑沙狀細小粒子的沙塵暴，靈元首．六元鏡光浮上空中，被吸往墳墓。

……這個現象，我曾經看過。

……這……不是跟世界輪迴一樣的現象嗎！

烙印在眼中的恐懼重現腦海。

正因如此。

明知無法抵抗，凱伊仍然叫道：

「巴爾蒙克、海茵瑪莉露！快去救她們！」

他想伸手拉住兩人，可是距離太遠了。

自己無法觸及。

「六元鏡光！……唔，雖、雖然不知道現在是什麼情況，我還沒跟妳分出勝負……」

『？怎麼了人類，臉紅成這樣。你就那麼喜歡鏡——』

巴爾蒙克在沙塵暴中拚命伸長手臂。

在他的手指碰到前，聖靈族的身影從死火山的山頂消失。

「凡妮沙姊姊大人！」

「到底怎——」

海茵瑪莉露伸出手，但冥帝凡妮沙也跟著消失了。

牙皇拉蘇耶同樣不見人影。

最後。

「蕾蓮！」

「怎、怎麼了，凱伊？瞧汝慌成這樣。」

精靈巫女飄向空中。

「唔。這麼急著跑向老身。怎麼？老身不是叮嚀過汝好幾次，靈藥不夠要早說嗎？在這種狀況下……」

精靈沒有停止上升。

當著伸出手的凱伊的面，在臉色蒼白、啞口無言的鈴娜的注視下，在瞠目結舌的貞德和花琳等人眼前。

「蕾蓮……！」

精靈巫女消失於墳墓中。

靜寂——

黎明的風吹過死火山的山頂，拂過臉頰。

惡魔族（凡妮沙）、幻獸族（拉蘇耶）、聖靈族（六元鏡光）、蠻神族（蕾蓮）被封印了。

沒有任何人說話。

因為他們不知道發生了什麼事。

「————咦？」

最後。

終於回神的指揮官貞德眨了下眼。

「……花琳，握住我的手。」

貞德沙啞的聲音滲進山峰。

「我看見……他們四個被吸進那座白色的金字塔。我在作夢嗎……」

「……不是。」

花琳握住指揮官的手，震驚得聲音顫抖不止。

「我握著您的手。這個觸感不可能是在作夢。」

「所以他們真的……」

三種族的英雄消失了。

蠻神族也是，精靈巫女從這塊大地上消滅。

……禁止所有的抵抗？

……這句話聽起來原來這麼諷刺。

禁止所有的抵抗——

光帝伊夫所說的話，意思不是「無法抵抗封印」。而是即使有人反對封印也沒用。

是對剩下的人的預言。

『可恨的四種族。其首領及代理人精靈巫女封印完畢。』

『一切都如同正史。』

兩位預言神的語氣，冰冷如寒冬的凍土。

他們說，這僅僅是正史的重現。

「————這誤會可大嘍。」

爆炎吞沒兩位預言神。

夢魔姬飛到了命運龍密斯加謝洛頭上。面帶嘲笑，用深紅酒色的眼眸俯視他。

「管你們是預言神還是大始祖，真膚淺。就算凡妮沙姊姊大人消失了，還有幾十萬隻的惡魔留在烏爾札聯邦喔？」

沒錯。正是如此。

預言神只有兩位。加上兩名希德，戰力也只有四。

相對的，四種族加起來，總共應該有上百萬。還有夢魔姬這種英雄級的個體。

「算了。我來收拾殘局，把姊姊大人帶出來就行了吧。」

接連不斷的法術。

全身纏繞黑色雷光的海茵瑪莉露，朝兩位預言神發射雷光。

「從我眼前消失吧。」

——遊戲的時間到此結束。

海茵瑪莉露像結凍一樣停止動作。

她射出的法術消失了。

宛如燭火被瞬間從縫隙間灌入的風吹熄，強大的法力消失得不留痕跡。

「什麼人！」

海茵瑪莉露驚訝地回頭。

飄在空中的自己頭上。惡魔少女仰望著傳送到那裡的巨大「力量」，倒抽一口氣。

——石造女神像。

眼睛被石造長袍蓋住的女神像，忽然傳送到海茵瑪莉露上方。

「幹嘛？妳也是這兩個大始祖的同伴嗎！」

『——凱伊。』

祈子阿絲菈索拉卡將惡魔的聲音置若罔聞。

只對地上的凱伊一人說道。

『過去，我將重要的祕密告訴了你。我跟鈴娜一樣。其實這是直到最後都沒必要說的祕密。』

『鈴娜，跟妳一樣。但我是於更古早的時候誕生的個體。』

『現在在妳面前的，是世上唯一的同族。』

『我的體內，有世上所有種族的基因。』

女神的話語降落於地面。

每個人都被那充滿慈愛及憐憫之情的聲音吸引，忘記現在的狀況，聽得入迷。包含施術受到妨礙的海茵瑪莉露在內。

『因此，我是世界種。正因為是包含全種族命運的我，才創造得出干涉命運的世界座標之鑰。』

數不清的羽毛紛紛飄落。

黑與白。

覆蓋死火山上空的鮮明對比色，是從女神像背上的「天魔之翼」飛散的。

跟鈴娜一樣的翅膀──

『我沒有覆寫與生命有關的命運的能力。不過，將「被烙上刻印」的命運從冥帝凡妮沙改寫成全體惡魔族，這點事應該做得到。剩下的三種族當然也一樣。』

陽光色光輝充斥周遭。

祈子阿絲菈索拉卡散播的無數天魔羽毛，撕裂昏暗的天空，朝全方位擴散。

宛如將全世界的天空牢牢覆蓋的結界。

Solitis Clar "ferias-l-lehitis Phenoria" ──禁咒「執行命運『覆寫』」。

預言神的「畏怖」及「刻印」。

將命運改寫成被印上這兩個記號的不是冥帝凡妮沙，而是全體惡魔族。

空間吱嘎作響。

死火山的上空裂開，發出刺耳的聲響。彷彿世界被迫背負原本不可能發生的命運，正在悲鳴。

「……怎、怎麼回事！到底發生什麼事！」

傭兵們茫然地杵在原地。

唯有獅子王巴爾蒙克一人，使盡全力吶喊。指著空中的預言神阿絲菈索拉卡。

「妳究竟是什麼人！突如其來地出現，六元鏡光跑哪去了！封印？墳墓又是什麼？我們想看的不是這樣的結局！」

『凱伊。』

預言神阿絲菈索拉卡沒有回答。

命運的女神像，視線始終落在下方的自己（凱伊）身上。

『你已經發現了吧？先知希德是如何結束五種族大戰的。他如何將多達上百萬隻的四種族，一隻不剩地封印在墳墓裡？』

「……妳說什麼！」

『答案是把「記號」刻在身為一族象徵的英雄身上。如此一來，即可用我這個世界種的力量，將那個命運改寫成該種族的命運。就像這樣——』

銀白光芒閃現。

本來刻在冥帝凡妮沙手腕上的預言神的「記號」，浮現於空中的夢魔姬的手腕上。

『此乃祈子阿絲菈索拉卡引發的奇蹟。不只是惡魔。於地面橫行的四種族，全部包含在內。』

『將他們的命運，改寫成被印上我們的「畏怖」及「刻印」。』

預言神乃三位一體。

光帝伊夫對於被印上「畏怖」的存在擁有強制權。

命運龍密斯加謝洛將被印上「刻印」的存在封印至墳墓。

祈子阿絲菈索拉卡，將那個「遭到封印的命運」改寫成全種族的命運。

……這就是正史的真相嗎？

……先知希德在五種族大戰中，把所有種族一隻不剩地封印了！

希德被授予世界座標之鑰，聽從預言神的命令，與四種族的英雄交戰。

目標只有那四個人。

剩下只要靠預言神的力量，就能把四種族統統封進墳墓。

……這樣啊，希德。所以你才會……！

……才會那麼糾結。覺得歷史是「被創造出來的」！

若這就是真相。

人類不就等於毫無功績嗎？

正史的他（希德）目擊過的現象，此時此刻正在重演。與正史相同的歷史即將誕生。

自己（凱伊）理解了一切。在正史沒留下的禁忌紀錄的一切。

為時已晚。

「海茵瑪莉露！」

吶喊的人——

不是凱伊。

「……莎琪？」

在數十名烏爾札人類反旗軍的傭兵中，因恐懼及困惑跪在地上的莎琪，呼喚上空的惡魔。

「妳、妳手上的痣……」

「咦？怎、怎麼了，莎琪？」

海茵瑪莉露沒有發現。她照莎琪所說，急忙看著自己的手腕，卻看不見上頭發光的痣。

因為惡魔族已經無法抵抗「刻印」。

「海茵瑪莉露，快逃！」

莎琪的叫聲。

本來應該是絕對不被容許的。在烏爾札聯邦受到凌虐的人類，希望虐待他們的惡魔能夠得救。

莎琪本人肯定也不明白，自己為何喊出了這句話。

僅僅是順從本能大叫——

「海茵瑪莉露！」

「莎琪——」

空中的惡魔被銀白光芒籠罩，消失不見。

那一天，全人類都看見了。

上百萬的封印之光，照亮昏暗的地平線飛走的畫面——

白色金字塔頂端。

大量的銀白色光芒被吸了過去。

來自東南西北四方。四種族盡數遭到封印的畫面，已經是連人類都會背脊發涼的超常現象。

『辛苦了，指揮官貞德。以及所有的人類。』

光芒全數消失於墳墓中。

死火山再度恢復靜寂。祈子阿絲菈索拉卡拍動著比鈴娜大上好幾十倍的天魔之翼。

『此時此刻，五種族大戰結束了。』

然後降落於地面。

石造女神像伴隨地鳴，降落在命運龍密斯加謝洛旁邊。

『值得高興。人類啊，這樣世界就是屬於你們的了。』

旁邊。

光帝伊夫以祈子阿絲菈索拉卡為中心，降落在她身旁。發出銀白光輝的老者胸像，前方是熟悉的兩位人類。

『我們會為你們指出新的道路。跟阿凱因、特蕾莎這兩位希德一起。』

傭兵王阿凱因・希德・柯拉特拉爾。

名為特蕾莎的少女希德。

然而，兩人毫無反應。不僅如此，他們還一臉疲倦地轉過身，分別走下不同的坡道。

「……我就只幫你這一次。沒有下次了，阿凱因。」

「妳以為妳在跟誰說話，特蕾莎。做好出盡洋相的覺悟吧。」

兩人頭也不回地離去。

引導他們的光帝伊夫及命運龍密斯加謝洛也跟在後面消失，有如溶化在黎明之中。

剩下來的是——

位於死火山山腳，將四種族全部封印的白色墳墓。

困惑地俯視它的人類反旗軍傭兵，以及彷彿要留下來觀察人類的祈子阿絲莅索拉卡。

「……五種族大戰……結束了……？」

『是的，貞德。是你們人類的勝利。』

留到最後的預言神平靜地回答。

『我再說一遍，由於四種族遭到封印，五種族大戰結束了。』

「…………」

沒有半個傭兵能夠接受。

人類的勝利？

五種族大戰結束了？

再說，如同巴爾蒙克指揮官方才提出的疑問。這尊突然出現的巨大女神像，究竟是什麼東西？

完全是超越人智的存在。無法理解。

『應該很難立刻接受吧。可是再過幾天，你們就會習慣甘於接受這美妙安寧的喜悅了。貞德，妳當然也一樣。』

「……不、不過這……」

『這就是人類（你們）所期望的世界。』

「！」

預言神一語中的，貞德咬緊牙關。

沒人有辦法反駁。

因為若有人問「你們一直以來，不就是為了人類的勝利而戰？」，他們只得承認。

『驅逐人類以外的存在，創造理想鄉。不擇手段。貞德，像妳曾經做過的一樣，對王都烏爾札克發動奇襲也可以。』

「…………」

『你們沒有餘力選擇手段吧？全世界的人類都在受苦。所以，這就是人類（你們）所希望的最美麗的未來（結局）。』

所有的傭兵都無言以對。

只能承認正是如此。

出自祈子阿絲菈索拉卡口中的尖刺深深刺進心中，拔都拔不出來。只能接受這個結果是最理想的。

然而。

這代表什麼意思——

『所以見證到最後吧。』

石造女神像說出銳利的話語。

『人類（你們）選擇的未來，消去一個未來的瞬間。』

……咚。

細微的聲音。

些許的沙塵揚起。僅僅是一兩顆小石頭掉在地上的微弱震動。接著是有東西倒在地上的聲音。

從凱伊旁邊傳來。

有人抓著自己的腳。

凱伊感覺到那股氣息，轉頭一看。不，是低頭一看——

雙膝以下的部位蕩然無存的鈴娜倒在那裡。

「…………嗚…………」

趴在地上的金髮少女，拚命用雙手抓住凱伊的腳。

看起來想傳達什麼。

「鈴娜！」

鈴娜沒被封印。

祈子阿絲菈索拉卡本身不包含在封印四種族的對象中，因此鈴娜並未被封印進墳墓是可以理解的。

……不過，這個現象是怎麼回事！

……不是墳墓的封印。明顯是更不一樣的症狀！

不是發生在四種族身上的封印。

不是那麼簡單的東西。鈴娜這名少女，正在從更加根本的次元逐漸從世上消失。

「鈴娜，撐住……！妳怎麼了！」

「————————」

鈴娜竭盡全力吶喊，卻聽不見她的聲音。

聲音消失了？

這段期間，鈴娜逐漸變透明的身體仍未停止消失。

『凱伊，這就是人類（你們）選擇的未來。』

「……阿絲菈索拉卡……？」

輕如羽毛。

他將下半身跟泡沫一樣溶進虛空，輕得令人毛骨悚然的鈴娜擁入懷中。

「不對，大始祖！」

『怎麼了？這樣對我大吼。會演變成這個事態，顯而易見吧。人類以外的種族都排除掉了。如今五種族共存的未來消失，其象徵鈴娜自然不可能存在。』

「……妳早就知道了嗎……早就知道結局會是這樣嗎！」

『這還用說。』

「阿絲菈索拉卡──！」

假如──

假如沒有抱著鈴娜。

自己八成會失去理智，被怒氣沖昏頭，舉起亞龍爪砍下去。

「鈴娜……有沒有，有沒有什麼辦法！」

金髮少女痛苦地喘氣。

即使如此，她依然睜大寶石般的雙眸，緊盯著凱伊。想不到辦法。真希望時間永遠靜止。情況就是如此緊迫。

……快思考，快思考快思考快思考！

……怎麼樣才能救鈴娜！

從腹部到胸口。

少女的肩膀即將消失，連想握住她的手都辦不到。這就是人類的勝利？這就是……自己拚命戰鬥換來的結果？

不對。

與理性、思考、常識、判斷無關。

他的心靈在吶喊，這個未來是「不對」的。

「鈴娜，求妳告訴我！有沒有辦法可以救妳！」

「────」

金髮少女輕輕伸出顫抖不已的手指。

凱伊伸手想握住。

卻被鈴娜的手指推開。

…………

……………………咦？

消失的五種族的未來。

身為其象徵的混血少女，最後碰觸的並非凱伊的手。而是從他肩上露出來的亞龍爪──

她輕輕觸碰刀尖。

「…………凱……伊……我……」

少女露出無憂無慮的笑容。

天真爛漫。跟昨天和前天並無二異的笑容。簡直像在說「我不怕喔？」。帶著溫柔的目光。

接著，少女（鈴娜）消失了。

「…………」

「……鈴娜？」

指揮官貞德、指揮官巴爾蒙克。

莎琪跟阿修蘭。花琳那些傭兵，都不知道發生了什麼事。

不對。

什麼事都沒發生。

僅僅是人類打開了通往未來的大門，代價是另一扇門關上了。對於人類這個種族來說，沒有任何影響——

真的是不足為道的事——

「怎麼可能！」

凱伊站起身。

用喉嚨會感到疼痛的音量嘶吼。

……跟人類無關？

……怎麼可能無關。鈴娜的基因可是連人類都包含在內啊！

鈴娜消失的未來。

不可能是對人類而言最美麗的未來。

「不僅如此。蕾蓮、六元鏡光，海茵瑪莉露也是！」

『五種族大戰結束了。』

「…………」

『還是說凱伊，即使會不斷付出龐大的犧牲，你仍舊希望人類與其他種族的戰鬥持續下去嗎？』

說得沒錯。

鈴娜一個人的犧牲，還是未來將持續數十年的大戰造成的龐大犧牲。

凱伊知道自己會被迫在兩者之間做出選擇。

「我明白。」

『你明白了嗎？』

「對……」

正因為知道她會這麼問，答案打從一開始就決定了。

所以回答吧。

「妳就是像這樣一直欺騙先知希德！」

他用氣得發抖的手指，指向石造的女神像。

人類獲勝的世界？

屬於人類的安寧？

——騙人的。

自己知道。

因為位於死火山山腳的「第五座墳墓」，本來在正史世界中，理應是用在人類身上的。

由於沒必要用到，才會被放置至今。

只不過是碰巧將沒用過的東西，拿到這個別史世界重新利用。

「我不想再繼續被妳欺騙了。」

他拔出背上的亞龍爪。

「我不會聽從你們的指示……世界座標之鑰！」

他使盡全力飛奔而出。

與此同時，用雙手握著的鋼製槍刀，亮起燦爛的陽光色光芒。

希德之劍。

然而。

怒氣讓凱伊的思緒變遲鈍了一些。

若鈴娜在旁邊，他一定會意識到，這把劍唯有祈子不能攻擊。

『你忘記那是我的劍了嗎？』

世界座標之鑰的光芒消失。

凱伊看見陽光色的光芒，回到石造女神像身上。

『這把劍是由我的力量結晶化製成的。人類已經用不到了吧。請你還給我。』

「──糟糕……！」

世界座標之鑰慢慢回到主人身邊。

晚了一步發現。

為何先知希德將這把劍交給了冥帝凡妮沙。為何他將劍藏在惡魔墳墓的深處。

……為了防止劍被收回去，才託付給冥帝嗎！

……好讓大始祖阿絲菈索拉卡不能拿回全部的力量！

石造女神像開始行動。

用力拍打天魔之翼，大始祖的身體在凱伊面前微微飄上空中。

『再見了，凱伊。你直到最後都在為我效命。』

「還沒結束！我有亞龍爪──」

『所以放棄吧。』

雷擊從天而降。

威力大概是鈴娜法術的好幾十倍，已經超越法術範疇的力量奔流，從凱伊頭上降下──

『……我本來還希望，至少可以不用傷害你。』

凱伊失去了意識。

Epilogue

Chapter: 為何你的世界無人樂見?

Phy Sew lu, ele tis Es feo r-delis uc l.

1

五天後。

凱伊醒來時——

世界「安靜」得令人畏懼。

修爾茲聯邦，南部。

人類反旗軍的據點「庫連馬德魯電波塔」。

「…………」

醒過來時。

凱伊躺在宿舍的房間。據醫生所說，他失去意識，昏睡了整整五天。

全身有輕微的燒傷痕跡。

反過來說，「只有這點傷而已」。祈子阿絲菈索拉卡施展的強大雷電，其實是幾乎只有光與電的威嚇。

那麼，為何他昏睡了五天？

連醫生都不知道。

想必不會有人理解吧。那一天，自己（凱伊）目擊的畫面有多麼震撼。

——一回過神，這個世界已然成了人類的理想鄉。

「那個……就是，貞德大人說最好讓你在單人房靜養……總之，幸好你醒了……」

宿舍的其中一間房間。

雖說他症狀嚴重，能夠一個人睡在本來是三人房的地方，聽說是指揮官貞德安排的。

睜開眼睛——

來到躺在床上的自己（凱伊）身邊的人，是莎琪跟阿修蘭。

「我說……呃……那個，我們也知道你跟蕾蓮小妹感情很好。我跟她相處的時候也不會不自在……」

阿修蘭喃喃說道，尷尬地搔著後腦杓。

「但我們是人類，她是蠻神族。這也沒辦法吧……她是其他種族，早該知道總有一天會變成這樣。」

「────」

「那、那個，凱伊？」

莎琪彎下腰。

橘髮少女視線與凱伊齊平，看著他的臉。

「……人家也……那個，很驚訝鈴娜會……夢魔姬也是。人家被機鋼種攻擊時，她確實保護了人家……關於這件事，人家也不是沒有任何感覺。」

「────」

「其他傭兵也是。無法相信大戰這麼輕易就結束。不過，這樣世界就和平了……」

不會在森林裡踩中蠻神族的陷阱。

走在草原上不會被幻獸族攻擊，不用害怕惡魔來襲，也不會被聖靈族追趕。

這個世界變和平了。

大始祖說得沒錯。這五天，人類逐漸感受到喜悅。

「莎琪、阿修蘭。」

凱伊在床上坐起上半身。

睡了好幾天，導致身體硬得跟石頭一樣。他忍受著從背脊傳來的陣陣痛楚，說：

「……謝謝你們的關心。不過……可以讓我一個人靜靜嗎？我自己的腦袋也還是一團亂……」

這是發自內心的真心話。

現在見到誰都不會好受。會感受到「對方在擔心自己」，他人的擔心壓得凱伊喘不過氣。

——兩人走出房間。

凱伊在床上轉過頭，眼前有扇窗戶。

風從稍微打開的玻璃窗吹進，為空氣不流通的室內帶來一陣清涼。

天空泛紅，大概是黃昏將近。

那抹紅色——

跟在死火山山頂看見的朝陽重疊在一起。

『這就是人類（你們）所希望的最美麗的未來（結局）。』

『所以見證到最後吧。人類（你們）選擇的未來，消去一個未來的瞬間。』

鈴娜不存在的未來？

不對。

是蕾蓮、六元鏡光、夢魔姬也不存在的未來。只有人類勝利的未來，除此以外的事物統統消失了。

那就是正史。

這個別史世界，應該也在走向跟正史一模一樣的未來。

「可是……」

凱伊覺得反胃，細不可聞的微弱聲音從脣間傳出。

「那我是為何而戰……」

他跟鈴娜約好要回到正史世界。

不過，她消失不見了。

再加上以為是正史的歷史，也是先知希德在大始祖的操弄下創造出來的。

「我是為了什麼……」

就算回到了正史世界，那也是「大始祖創造的歷史」；就算無法從別史世界回去，那也只不過是「大始祖創造的歷史」。

兩個世界都沒有鈴娜的存在。

蕾蓮、六元鏡光、夢魔姬，冥帝跟牙皇也是。

「…………」

凱伊脫下輕薄的睡衣，換上人類庇護廳的戰鬥服。

打開門。

之後發生的事，凱伊自己也不記得。說不定在走在街上的途中遇見了誰，說不定被誰叫住了。

但他連回應的力氣都沒有，於人類特區徬徨。

不知不覺間，凱伊走到電波塔外的大草原上。

若是以前，八成會被阻止。

這裡是有幻獸族橫行的草原。只要踏出修爾茲人類反旗軍的據點一步，沒人知道什麼時候會被幻獸族攻擊。

然而。

如今在凱伊眼前的，只有無邊無際的綠色大地。不知其名的花草，以及乾燥的風帶來的土壤氣味。

安全無虞。

因為對人類有危險的種族，全被封印進墳墓了。

「哈哈……」

凱伊發出帶有自嘲意味的乾笑。

「那我為什麼還帶著亞龍爪走在路上呢……」

槍刀握在手中。

大戰結束了。他大可放下這把槍刀，長年來的習慣卻不允許他這麼做。

——沒有放下。

沒錯，一切都還留著。

「……精靈彈也是。」

收在腰包裡的發光子彈，不是人類庇護廳的武器。

是他拜託精靈巫女蕾蓮幫忙製作的。

放在其他袋子裡的靈藥也是。為了跟牙皇的戰鬥，請蕾蓮調製的。

『老身之所以與汝同行，是為了打倒主天艾弗雷亞大人的仇敵牙皇。一旦達成目的，老身便會回到森林。汝與老身的關係也將到此告一段落……』

『老身不希望就這樣結束。』

精靈講這番話時的表情很美。

那個瞬間——

自己是否發自內心與蠻神族坦誠相見了？

『六元鏡光跑哪去了！』

『封印？墳墓又是什麼？我們想看的不是這樣的結局！』

指揮官巴爾蒙克。

他兩天前回到悠倫聯邦了。

幻獸族跟聖靈族都一個也不剩，所以聽說他短短一天就回到悠倫人類反旗軍的據點，沒發生任何意外。

這樣子的他，也因為最大的仇敵六元鏡光遭到封印而大受打擊。

花了一輩子戰鬥的宿敵——

迎接這種結局好嗎？

『海茵瑪莉露！妳、妳手上的痣……』

『咦？怎、怎麼了，莎琪？』

『不行，海茵瑪莉露，快逃——』

莎琪的哀號，應該是出於恐懼。

那一刻是什麼促使她這麼做的，莎琪表示她自己也不明白。不過，光這樣就足以推測出一件事。

「……也許跟你說的一樣，希德。」

人類跟蠻神族。

人類跟聖靈族。

人類跟惡魔族。

五種族之中，至少四種族說不定可以締結停戰的誓約。幻獸族或許也包含在內。

「五種族可以和平共處的未來曾經存在過。鈴娜就是象徵那個未來的種族……………………可是……………………」

心頭湧起一股衝動。

凱伊順從著從喉嚨傾洩而出的激動情緒

「可是我！太晚發現了……………！」

放聲嘶喊。

他只能仰望逐漸變紅的天空，咬緊牙關。

……什麼都沒能改變。

……明明希德警告過我！

五種族大戰結束後，他才發現真正的未來。

就這樣任憑鈴娜消失。

希德說自己是大罪人。現在凱伊能理解了。他是被多麼強烈的悲愴打擊到一蹶不振。

「沒錯……我很後悔……自己什麼事都沒做到！」

對人類而言最美麗的未來（結局）？

既然如此，告訴我啊。

至今以來，有多少人類被鈴娜救回了一命！

「要是沒有鈴娜，新維夏就不會得救。也無法奪回王都烏爾札克。我和大家的性命都是被她救回來的，現在竟然叫我享受把鈴娜當活祭換到的未來嗎！」

哪有這麼好的事。

無法接受。至少自己辦不到。

「真的，真的沒辦法了嗎……！五種族共存的未來消失，害鈴娜消失了……真的完全不可能重來嗎！」

有沒有辦法讓鈴娜復活？

遭到抹消的未來，真的無法重來嗎？

快思考。

快思考，例如——

「…………」

有一個。

不是現在才想到的。打從一開始，打從鈴娜消失的那一刻起，這個念頭就存在於腦海。

「如果把四種族從墳墓解放出來……會怎麼樣？」

世界會重新恢復成有五種族的樣子。

如果在這個情況下阻止大戰，鈴娜搞不好會復活。

只不過——

即使解開了四種族的封印，要是無法阻止五種族大戰，世界就會滅亡。

……就算能解放鈴娜。

……這樣人類方會損失甚大。

想必會造成龐大的犧牲。

而且，把四種族放出墳墓，鈴娜也未必會真的復活。

「解放四種族後，鈴娜還是沒回來，也無法阻止大戰，這次人類真的滅亡……不是不可能……」

這個方案不可行。

天秤的一邊是鈴娜「可能」得救的希望——

另一邊是人類全體滅亡的絕望。

他做不到。

再怎麼希望，都不能選擇那個選項。

「那還能怎麼辦？快想……現在的世界對人類來說確實是最理想的。可是，竟然這樣就結束了……因為，正史的確發生了世界輪迴——……？」

奇怪。

強烈的異樣感，驅使凱伊反射性望向後方。

草原的另一端。

他凝視小得像顆黑點的電波塔。

……等等。沒錯。

……我是不是忽略了一件重要的事！

如大始祖所料。

這個別史世界，走在跟正史相同的道路上。

「既然如此，別史世界是不是也會發生世界輪迴……！」

快回想拉蘇耶說過的話。

敵視大始祖的那個獸人，是這麼說的。

『大始祖失敗了。』

『世界輪迴脫離了他們的控制。誰都無法阻止。』

大始祖利用希德竄改了命運是肯定的。

其結果就是正史世界，正史世界卻因為世界輪迴的關係，遭到覆寫。

……我因為眼前的事實受到震撼。

……注意力全放在四種族遭到封印和鈴娜消失上。

仔細思考。

自己被捲進這個別史世界時，最先浮現腦海的疑惑，至今仍未得到解答。

「世界輪迴是『誰』引起的？」

契機肯定是大始祖的行動。

但不是大始祖。反而更像「某人」藉由世界輪迴，反擊大始祖改寫的命運導致的結果。

打個比方，大始祖的所作所為就像放火。

「某人」為了滅火，引發洪水。洪水就是世界輪迴，引發洪水的另有其人。

「那切除器官呢？」

被封進墳墓的只有四種族。

那詭異的怪物依然存在。牠們在哪裡做什麼？

「難道————」

——大草原產生「雜訊」。

『世界種■■消滅。對世界輪迴的干涉危險性判斷為「零」。』

『繼續「覆寫」世界——』

嗡，嗡嗡……

草原的各個角落，發出奇怪的聲音。

理應是鮮豔的深綠色的草原，迅速染上紅與紫的斑點花紋。

逐漸變色，彷彿長了奇怪的黴菌。

「這……該不會！」

凱伊頭上的天空，像打雷一樣降下無數黑線，大氣開始反覆伸縮，宛如跳動的心臟。

回過神時。

於草原蔓延的黴菌，也在凱伊的手指上繁殖。

「連人類(我)都被侵蝕了……！」

如拉蘇耶所說，世界輪迴進入了第二階段。

『世界已經被世界輪迴破壞了。』

他早已預料到，大始祖強行竄改命運，會害這個世界的景觀、種族統統崩壞，變得面目全非。

……拉蘇耶試圖加快這個速度，說那是對大始祖的復仇。

……當時是鈴娜阻止他的！

能抵抗世界輪迴的，只有兩個人。

製造世界座標之鑰的祈子阿絲菈索拉卡。

以及跟阿絲菈索拉卡是同族的鈴娜。如果鈴娜的消失，導致世界輪迴重新運作——

「……可惡，果然是這樣！」

全世界的人都沒發現世界輪迴重新啟動了。

只有曾擁有世界座標之鑰的凱伊「看得見」。

「什麼叫理想的未來啊。大始祖，你們可能以為下次就控制得了世界輪迴，哪可能這麼順利！」

結果就是這樣。

世界遭到竄改，世上的所有種族都變化成可怕的生物。

……只犧牲鈴娜一人，就能讓全人類得到幸福？

……怎麼可能。除了鈴娜，還有誰能阻止世界輪迴！

世界種阿絲菈索拉卡嗎？

不對，要是她做得到，應該在世界輪迴發生時就會阻止。

沒人能夠阻止。

在鈴娜不存在的世界，這個別史世界最後也會因為世界輪迴而消失。

「拜此所賜，我明白了。」

凱伊咬緊下脣。

附著在右臂上的這些類似黴菌的東西，就是世界輪迴的「覆寫」吧。

第一階段，正史遭到覆寫。

第二階段，活在這個別史的所有生命遭到覆寫。在疼痛和異狀都察覺不到的情況下，被改造成其他生物。

……假如沒有世界座標之鑰，我也無法承受世界輪迴。

……全世界的人類應該都在發生同樣的現象。

真諷刺。

世界輪迴重新啟動，暗示了一件事。

「為了人類的和平，只得犧牲鈴娜一人」這個藉口，已經說不通了。因為要是少了她（鈴娜），沒人能夠阻止世界輪迴。

「太好了。」

凱伊誠心心想。

身體明明在一點又一點地變化，心情卻很激動。

「無論如何都要讓鈴娜再生。因為現在找到那個理由了！」

先到墳墓去。

從位於死火山山腳的白色墳墓，解放遭到封印的四種族。

在世界輪迴結束前。

「剩下就是要跟時間賽跑了。一定要趕上啊……」

——你失敗了，舊種族（人類）。

轟……

慢慢變色的草原的土壤炸裂，土沙在凱伊眼前噴出。

不知道發生了什麼事。

然而在理解之前，從腳底升起的異樣氣息令凱伊汗毛直豎。

「……！」

他使勁往地面一踢，躍向後方。

要讓她（鈴娜）再生——

可以說如此決定的緊張感，讓凱伊的命運產生分歧。

鐵的氣味。

沙塵瀰漫，爆炸聲從中傳出。緊接著以超高速射來的「碎片」，割破凱伊的臉頰。

「好痛！」

感覺像人類用的子彈。

不過閃過凱伊腦中的，是更危險的可能性。

……在這種時候？

……那還真是最爛的時機。四種族不在的話，還有誰阻止得了這些傢伙！

「機鋼種嗎！」

被封印在墳墓裡的是四種族。

可是，這個世界有因為世界輪迴而誕生的第六個新種族。

……推測是英雄級個體的Mother B，被我們打倒了。

……追過來的是她的部下嗎？

是目前能想到的最惡劣的敵人。

凱伊身上的武器有一把亞龍爪。然而對這把槍刀來說，全身由鋼鐵構成的機鋼種誠可謂天敵。

得趕快叫援軍來——

直線朝電波塔撤退。打算這麼做的凱伊，停下了腳步。

「……不會……吧……？」

他看見令人不敢相信的畫面。

震驚得聲音打顫，忍不住回頭。

「你是……Mother B嗎！」

『終於找到你了。』

與幻獸族的腳步聲匹敵的巨響，傳遍四方。

血色的鋼鐵怪物，從慢慢變成純白的地面爬出。

集約生命體Mother B。

厚重的裝甲上，凱伊用海茵瑪莉露的大鐮留下的傷痕依然清晰可見。

沒有修復。

當時牠受到的損傷，應該讓機能完全停止了，為何有辦法行動？

「……你的……身體……」

『沒什麼，人類（你）遲早也會變成這樣。』

血色巨人的外觀變得截然不同。

四隻粗如原木的鋼鐵手臂，被擁有鋼鐵羽毛的翅膀取代——

頭部也長出狀似獅子鬃毛的動物性纖維。

……鋼鐵身體變得更像生物了。

……這麼多種生物混在一起，跟切除器官一樣。

世界輪迴造成的改變，竟然如此駭人。

儼然是具活屍。一度停止運作的Mother B，肉體因為世界輪迴的效果而重新塑造過，復活了。

『命運選擇了我，作為新的世界種族之王。』

世界種族之王——

第一次交戰時，Mother B也說過這句話。

『我再說一次。你失敗了，舊種族（人類）。』

Mother B全身爬出了地面。

在真正意義上得到重生的機鋼種，用其中一片翅膀指向凱伊。

『從蠻神族（精靈）手中得到靈藥，帶著惡魔族（夢魔）跟那個雜種（混血）的你，曾經有那個可能性。成為世界種族之王的可能性。』

「…………」

『你認為自己缺少的是什麼？』

巨大的鋼鐵身軀全身微微震動，像在嘲笑他似的。

『是你自己的野心。你的慾望不夠。』

「……你說什麼？」

『我的分身全看在眼裡。若你在那座死火山的山頂命令他們「聽我的話」，幻獸族以外的所有人，照理說都會聽從你的指示。如此一來，就不會被大始祖趁虛而入。』

「…………」

『在場的五種族都在各做各的。滿腦子只想著達成自己的目的。那就是舊種族（你們）滅亡的理由。』

喀嗟喀嗟。

鋼鐵巨軀的零件發出聲響嘲笑。

『因此，機鋼（我們）種的時代來臨。我們將成為世界崩壞後的世界之王！』

咚。沉重的地鳴撼動草原。

凱伊才剛後退，徹底變成異形怪物的Mother B就以異常的速度逼近。

『你沒資格見證今後的世界。那是屬於機鋼（我們）種的。』

「唔！」

『退場吧！』

會被踩扁。

破壞力堪比幻獸族的衝刺，使凱伊感覺到全身的血液為之凍結的寒意。

要趕上啊——

他在內心祈禱，往巨大身軀的旁邊跳躍。彎下腰，於逐漸變色的大地上翻滾，驚險地免於被直接撞上。

『真可笑，人類。』

Mother B沒有停止加速，衝過凱伊旁邊。

牠背對著凱伊開口。

『你的反應也只是贗品吧？』

Mother B轉過身。

這是第二次遭遇。這隻怪物已經摸透了凱伊的手牌。

『事到如今還要依賴蠻神族的力量？已經不存在於地面的種族的力量？』

精靈的靈藥「神血的一魂」。

蠻神族的自我強化藥劑（Doping）。用藏在掌心的極小注射器將靈藥注入血液，提升反應速度及心跳。

凱伊持有的，是他請蕾蓮重新調合的人類用版本。

『世界即將變成另一副模樣。你打算在新的混沌時代，一直抓著消失的種族的遺產不放嗎？』

「……沒有消失。我很快就會解放他們。」

『哦？』

「我並不想跟你一問一答。」

時間有限。

此時此刻，草原仍在隨著時間變成詭異的顏色，大地像沸騰一樣逐漸腐爛。

……Mother B已經被徹底侵蝕了。

……我也一樣。

握著亞龍爪的右手慢慢失去觸覺。

附著在手背上的黴菌狀的「某種東西」愈來愈多，蔓延至手肘。萬一侵蝕到全身……凱伊一點都不想想像。

「沒時間了，讓開！」

『是呢。應該只有你會這樣說吧。』

Mother B拍擊兩對翅膀。

曾經的鋼鐵手臂變成鋼鐵色翅膀，鋼鐵色羽毛從上頭一根根飄落。

『只有你「有那個可能性」。消除礙事的四種族，人類沉浸在一時之間的和平中。不值一提……可是。』

牠發出玻璃摩擦的聲音。

拜精靈的靈藥所賜，凱伊的聽覺變得更加敏銳，沒有放過於空中飄舞的羽毛發出的怪聲。

『只有你搞不好還會做些什麼。』

「……羽毛的刀刃！」

滴答。鮮紅水滴從凱伊的臉頰滴落。

不是子彈。Mother B射出的是自己的羽毛。跟剃刀一樣又薄又利的鋼鐵刀刃。

——更加銳利。

——更加迅速。

將空氣阻力降低到趨近於零。

藉由世界輪迴重生後，機鋼種的露天礦彈也從「子彈」昇華成「羽毛」。

難以目視。厚度連一公釐都不到的鋼鐵刀刃，用比子彈更迅速的速度射出。而且一次多達數十根。

……不行，別用眼睛看。快跑！

……停下來的瞬間就會被砍中！

凱伊避免停留在血色機鋼種的正面，跳向右方。

大腿傳來劇痛。凱伊連檢查傷勢有多重的時間都沒有，轉過頭準備再往右邊跳躍——

Mother B近在眼前。

「什麼！」

羽毛刀刃是幌子。

Mother B吸引凱伊不停向右移動，先移動到那裡守株待兔。

『退場吧，舊種族。』

翅膀揮下。

由無數刀刃構成的翅膀的威力，想必堪比連戰車都能切斷的大型切斷機。人類不可能抵擋得住。

凱伊拿著亞龍爪，朝刀刃使勁向上揮。

「……略式亞龍彈！」

火花炸裂。

火焰於亞龍爪的刀尖炸裂，將Mother B等同於手臂的翅膀染成火紅。

憑藉機鋼種的怪力揮下的翅膀，與亞龍爪的爆發力互相交鋒。

承受不住其反作用力——

摔倒在地面的，是凱伊。

「……嗚……！」

亞龍爪從手中掉落。

他不知道在地上滾了幾圈。背部及頭部撞了好幾下，不小心咬破嘴巴，導致唾液參雜著血腥味。

『看來這就是你最後的抵抗。』

機鋼種毫髮無傷。

「…………唔…………這樣果然還是傷不了你嗎……」

凱伊按著傳來劇痛的右肩，低著頭咬緊牙關。

略式亞龍彈的爆炸不管用。

這種爆炸，連一道裂痕都無法在機鋼種的鋼鐵裝甲上留下。凱伊早就知道了。但他還是相信奇蹟，賭上萬分之一、億分之一的可能性，結果就是如此。

『我放心了。儘管率領著其他種族，你終究只是個平凡的人類。』

「…………」

『有蠻神族的靈藥還是這副德行。連法術都不會用。』

機鋼種展開參差不齊的翅膀。

簡直在展示那每片都是由無數刀刃構成，形狀扭曲的鋼鐵色翅膀。

『幸好你是人類。幸好你是那渺小的存在。如果你連力量都具備，八成會成為我的威脅。』

「……你口氣……挺大的嘛……！」

凱伊用視線模糊的雙眼，凝視眼前的亞龍爪。

倒在地上，將手伸向槍刀。

「我還——……？」

右手一動也不動。

除了肩膀的劇痛外，最根本的原因是，他整隻手臂的感覺都沒了。

……怎麼回事？右手動不了。

……不聽使喚，感覺不是我的手！

失去力氣，動彈不得的右手。

『我不是說了嗎？那就是你最後的抵抗。』

整隻變成純白。

如同冬天的樹幹，皮膚表面失去水分，裂了開來。彷彿所有的生氣都從那裡流失。

……世界輪迴的篡改。我的手變得不屬於我。

……侵蝕的速度這麼快嗎！

來不及。

位於死火山山腳的墳墓，離這裡有數百公里。再怎麼全速衝刺，在那之前所有的人類都會遭到竄改吧。

到此為止了嗎？

無法阻止大始祖的支配，世界輪迴的篡改一步步迎來終結。

「…………」

『結束了，舊種族。你的命運走到了盡頭。』

『你就像棵枯木一樣腐——？』

Mother B停下腳步。

因為牠只要等這個人類因世界輪迴而腐朽即可，用不著靠蠻力劃下句點。

牠的話只講到一半。

「……少給我……自作主張……」

亞龍爪的刀刃刺進地面。

凱伊用左手抓住槍刀當手杖，撐著身體站起來。

「我不會……依賴慣用手。因為，我一直有在做訓練……只憑左手……也能戰鬥。」

『——————』

「怎麼了，機鋼種？看你呆站在原地。」

『……你不可能還動得了。』

怪物嘀咕道，那是牠第一次表現出困惑。

『你是人類。被我的翅膀擊中，只能趴在地上，遭到世界輪迴的侵蝕。任你再虛張聲勢，身體都有極限…………莫非你把精靈的靈藥！』

「沒錯，我注射了原液。」

精靈的靈藥——

蕾蓮給凱伊的「神血的一魂」，是將蠻神族的藥稀釋四十倍的版本。凱伊將稀釋前的原液注射進自己體內。

心臟劇烈跳動。

從大動脈到毛細血管，所有的血管都在膨脹。

心臟立刻爆炸都不奇怪。遠遠超過人類正常值的血壓及心率，半強制性地讓動不了的身體振作起來。

……心臟……痛得跟要碎掉一樣……

……我都把量控制在最少的程度了，藥效還是這麼強嗎……！

「你說得沒錯，機鋼種。」

意識逐漸模糊。

視野不清。無法分辨是胃液還是唾液的液體，伴隨強烈的噁心感從喉嚨深處逆流，八成是靈藥的副作用。

「要是沒有這個靈藥，我早就動不了了。歸根究柢，要是沒有鈴娜，絕對贏不了冥帝……雖然現在也差不了多少。」

『你想表達什麼？』

「表達什麼？這可是你自己說的，機鋼種。」

「這個世界只剩我一個了……！」

先知希德得知的真相。

鈴娜這個五種族共存的可能性。只有凱伊一個人記得。

「所以我非做不可。現在能在這裡打倒你，解放大家的，只有我！」

『沒用的。』

「這不該由你決定。」

他只靠一隻左手，將當成手杖握在手中的亞龍爪從地面拔出。

凱伊蹬地飛奔。

不曉得是拜燃燒生命得到的腳力所賜——

還是赴死的覺悟——

抑或精靈的靈藥造成的強大興奮作用——

『你這傢伙！』

從跳躍到衝刺這個過程間的加速，在這一瞬間確實超越了人類的極限。Mother B還沒準備好拿出全力應戰，凱伊就衝到牠身前。

過於小看人類。

這導致機鋼種的反應變遲緩了。

——亞龍爪的刀刃命中。

憑一隻左手使出的橫掃，連Mother B都來不及迎擊。

『可是——』

「可是——」

還不夠。

人類（凱伊）的嘆息與機鋼種的嘲笑，在同一時間發出。

……只有用亞龍爪砍中一刀，肯定打不倒這傢伙。

……還缺少決定性的關鍵。

借助精靈靈藥的幫助半強制性地站起來，叫做驚奇。

在視野模糊的狀態下能夠持續奔跑，叫做奇蹟。

儘管如此，還是不夠。

單靠亞龍爪這個人類的智慧結晶，無法戰勝這名敵人。就算這樣，自己（凱伊）仍然有辦法不斷抵抗絕望，也是有原因的。

因為他想到了。

……打從一開始。機鋼種（這傢伙）出現前。

……我就覺得自己忘記一件重要的事。快想起來了。真的只差一點。

通往未來的門沒有關上。

用來抵抗這個絕望命運的條件是什麼？

從大始祖手下解放被封印在墳墓的四種族，救出鈴娜，阻止世界輪迴竄改命運所需要的是？

用來達成這些目的的最後一把鑰匙，是什麼？

……先知希德？不對。希德已經留給我夠多了。

……那麼是什麼？我知道，並且忽略掉的東西。

人類的智慧存在於此。

異種族的智慧——精靈的靈藥也用掉了。

「應該有我還沒發現的線索……！」

『？你在說什麼——』

凱伊連機鋼種說的話都聽不進去。

他聽見的只有跟自己的對話。

去回憶。

把腦中的回憶統統翻出來。

在延長至永恆的時間感之中，凱伊抵達了記憶裡最初的景象——

一切的起源。

『被可恨的命運捲入其中之人啊，切莫放開這把劍。』

『切莫放開世界座標之鑰——』

在惡魔墳墓聽見的聲音。

凱伊已經知道，那是先知希德的聲音。

……世界座標之鑰能夠斬斷命運。能夠抵抗命運的憎惡。他原本是這麼想的。

……可是這把劍？這把劍是什麼？

世界座標之鑰不就是製造憎惡的劍嗎？是給予先知希德，讓正史的五種族大戰走向錯誤結局的大始祖的陷阱。

然而。

記憶還有後續。

『…………來……人……求求你…………救救我…………』

『……救救我，幫我解開這鎖鍊……』

凱伊遇見被囚禁的鈴娜。

他解放了祈子阿絲菈索拉卡唯一的同族。擁有抵抗世界輪迴之力的少女。

…………不對，等一下。跟祈子阿絲菈索拉卡同種族？

……跟製造世界座標之鑰的阿絲菈索拉卡同樣的力量？

從最初到最後。

從遇見鈴娜的最初的記憶，到她消失的最後的光景。

那一刻。

她[鈴娜]在笑。毫不恐懼自己即將消失。

因為——

『混血少女最後碰觸的並非凱伊的手。』

『而是從他肩上露出來的亞龍爪——』

在消失的瞬間。

她（鈴娜）已經盡己所能了。

「……原來是這樣！」

凱伊吐出血塊，激動得雙肩顫抖。

……我真笨。

……打從一開始。打從一開始，就有兩個答案。

「別擔心，鈴娜。」

他緊咬下脣。

踏出最後一步，舉起亞龍爪。

「沒事了。妳等我。」

若這個世界存在世界的意志。

肯定是與「她」的邂逅——

「所以回應我吧，另一把世界座標之鑰！」

剎那間，亞龍爪綻放光芒。

漆黑刀刃變化成半透明的刀刃。原本是槍身及槍柄的部分也全都化為全新的一把劍。

——散發淡淡陽光色的劍。

既是一把劍，同時也像巨大的「鑰匙」。

那神聖的刀身。

比世界種阿絲菈索拉卡的劍更加巨大，光芒更加耀眼。

——是世界種鈴娜的世界座標之鑰。

既然是同種族。

正因為是有能力抵抗世界輪迴的種族，世界種的少女才在自己消失的前一刻，將自身的力量具現化。

並且託付給凱伊。

『————————！』

橫掃。

綻放陽光色光芒的長劍，不費吹灰之力地砍斷機鋼種Mother B的鋼鐵。

「……沒錯。打從一開始就有兩個答案。」

世界種阿絲菈索拉卡的劍。

世界種鈴娜的劍。

前者是能任意改寫命運的世界座標之鑰。

後者是能將改寫的命運本身斬斷的世界座標之鑰。

那麼——

要選擇哪一把劍？

對人類種族來說的理想未來（結局）？

還是前方的道路？

此時此刻，少年做出了選擇。

『……真可笑…………人類……你之前明明迷惘成那樣……』

劈哩，喀啦。

與凱伊擦身而過，站在他背後的機鋼種發出崩壞的聲音。

構成翅膀的羽毛掉下，露出原本的機械手臂，脖子附近的鬃毛也一根根脫落。

——變回原本的機鋼種。

世界輪迴的改變被切斷，機鋼種逐漸恢復成本來的樣貌。

在礦山停止運作的模樣。

『什麼嘛……你果然……選擇了那一邊嗎？』

「————」

『無妨。就只是機鋼種（我們）也加入其中罷了……我雖然想報復，站在一個種族的角度來看，倒是還不壞……』

Mother B的全身化為鋼鐵碎片崩解。

持續笑著。

綠色大地。

風裡帶著乾燥的土壤氣味，將腳邊的草捲向空中。

「…………」

右手又能動了。

天空及大地也恢復成原本的顏色。因為世界座標之鑰在自己（凱伊）手中顯現的瞬間，世界輪迴的效果就瞬間消失了。

……但也只是暫時停止。

……世界輪迴一定會重新啟動。

「大始祖，這就是你們期望的世界嗎？就算你們封印四種族，自己站上世界的頂點，也只會一而再再而三地崩壞。」

凱伊望向北方。

從悠倫聯邦的南方，直盯著北方的死火山。

「我無法接受。」

世界座標之鑰會使命運分歧。

未來尚未封閉。抵擋命運竄改的力量，留在自己（凱伊）手中。是她留下來的。

……所以，謝謝妳，鈴娜。

……謝謝妳願意相信我。

接下來要做的，只有做出選擇。

拿著這把「命運之劍」，要走向什麼樣的未來。

「等我，鈴娜。蕾蓮、海茵瑪莉露、六元鏡光也是。」

凱伊呼喚道。

對著被封印在墳墓裡的人，以及從命運中消失的人。

「我不會說要創造未來這種大話。只是想解放你們。之後的未來——」

我也不知道。

凱伊將差點脫口而出的這句話回去，閉上眼。

「之後的未來，與我同行吧。」

2

庫連馬德魯電波塔——

北方（烏爾札）與西方（修爾茲）的傭兵聊得有說有笑時，凱伊默默從旁走過。

滴答……

每走一步，黑色水滴就因為細微的衝擊落到地面。

與他擦身而過的傭兵嚇得向後縮的原因，想必是因為他全身沾滿散發異臭的液體。

——機鋼種Mother B的體液。

——凱伊自己的血。

血液及燃料混合在一起，化為異樣的混濁液體滴下。

凱伊走向指揮官室。

隨著敲門聲打開的房門後，烏爾札人類反旗軍的指揮官就在那裡。

「凱伊！」

看見凱伊，貞德睜大眼睛。

「你的傷勢……不對，還有你身上的液體……我有聽說你醒過來了，到底發生了什麼事！」

「我有話跟妳說。」

「……什麼？」

貞德會錯愕得倒抽一口氣很正常。

昏睡了好幾天的人剛醒來，就弄得遍體鱗傷，滿身燃料，傷口都沒處理就跑到指揮官室找她。

還冒出一句「有話跟妳說」。

不但無法想像凱伊要說什麼，首先，他的所作所為就夠奇怪了。

「我、我當然會聽你說！不過凱伊，你先把傷口——」

「這就是證據。」

「咦？」

尚未恢復冷靜的貞德，驚訝地屏住氣息。

凱伊對她——

「如妳所見。預言神騙了我們。」

直直伸出自己的手掌。

黏在手指上的暗紅色碎片，是凱伊乾掉的血。幫大腿的傷口做緊急處理時沾到的。

「這個世界，才不是對我們（人類）來說的理想未來（結局）。」

他咬住嘴唇。

由於精靈靈藥的後遺症，心臟的疼痛至今仍未緩解。不過，即使如此，現在一秒都不能浪費。

……因為有大家託付給我的東西，我才能活下來。

……我真的收下了許多重要的東西，才能站在這裡。

以人類代表的身分受到託付。

那麼，在此時此地回應期待，就是自己的使命。不對，應該說是宿命。

……相信我。然後等我。

……鈴娜、蕾蓮、海茵瑪莉露。

我一定會去接妳們。

一定會救妳們出來。

「我要破壞白色墳墓。徹底粉碎它，讓它再也無法修復。」

「！怎、怎麼突然這樣說……意思是，你要解放被封印的四種族嗎！」

「————」

凱伊沒有回答激動的貞德。

「貞德。」

只是直盯著她的雙眼。

「在烏爾札聯邦從惡魔手中奪回王都的數日後，我們不是發誓要一起解放全世界的人類嗎？記不記得妳當時說了什麼？」

「…………咦？」

「我覺得現在就是那個時候。」

『讓我們終結五種族大戰吧。』

「讓我們終結五種族大戰吧。只不過，要用這個未來（結局）以外的做法——」

同一時間。

位於世界大陸南方的悠倫聯邦。

如今，聖靈族從聖靈族支配的土地消失，廣大草原上的黑色墳墓裡面，不存在任何疑似生物的氣息。

空蕩蕩的墳墓。

由於聖靈族全被封印進白色墳墓，這座未解析神造遺跡已經沒用了。大始祖想必也遺忘了它的存在。

黑色墳墓內部——

響亮的喀唧聲於其中迴盪。

墳墓的入口大大敞開，從那裡灌進的強風吹倒一尊石像。石像在微微傾斜的地面上滾動。

——六翼的天使像。

身體強壯、面貌精悍的天使。

於墳墓內的地面滾動。

明知道僅僅是被風吹倒的衝擊——

在地面前進的這副模樣，簡直像在抵抗，即使成了動彈不得的石頭，依舊在拚命主張自身的存在。

蠻神族英雄「主天」艾弗雷亞。

切除器官的「無座標化」，消除了這名大天使的存在。在那之後，他跟鈴娜一樣遭到封印。

接著被從無座標界搬到外面，直至今日。

正因如此——

照理來說，他是早已從這個世界消失的存在，因此不屬於墳墓封印的對象。

這個結果當然是巧合。

不過，說這位沒有被封印進墳墓的天使，現在是慘遭大始祖蹂躪的四種族最後的堅持都不為過。

——還沒結束。

變成石像，依然留在這裡。

存在遭到消除，因而逃過墳墓的封印，至今仍舊留在地面上。

這股執念，不叫「英雄」還能叫做什麼？

最後一名蠻神族？

不。

最後一名四種族，任憑風吹雨打，確實存在於此。

背負四種族命運的英雄就在這裡。

Continued 四種族代表

後記

理想未來（結局）的前方——

假如。

假如這個故事只以「對人類來說的理想未來」為目標，我想本作在第六集第五章就會完結。

對人類來說，希德和大始祖帶來的安寧，正是完美無缺的結局…………

可是。

這個故事還有「Continued（後續）」。

更正確地說，因為有位少年不願見到那個「未來（結局）」。所以，這個故事還會繼續下去。

被世界遺忘的少年的決心，會走向什麼樣的結局呢。

至少可以確定「不是人類安寧的未來（結局）」。儘管如此，若各位願意再多花點時間，守望這個世界的故事，我會很高興的。

那麼。

容我這麼晚才說一句，感謝各位購買《世界遺忘》第六集！

該說終於走到這一步了嗎？

從這個故事的第一集開始，一直只有名字出現過的他（希德），在本書的開頭登場，故事重大的謎團也解開了。

更重要的是——

第一集的副書名〈命運之劍〉，終於有了意義。

第一集出版時，看起來像在暗示「凱伊找到的英雄希德之劍」，在第六集意思又稍微變得不太一樣……如果各位能感覺到這個副書名真正的含義不是「希德之劍」，而是「給予凱伊開創命運之劍（世界座標之鑰）的少女」，意味著凱伊和鈴娜的邂逅，那就太好了。

話說回來。

換個話題（我很少這麼做），唯有在這一集，請容細音花一點篇幅介紹以前的著作。

《世界末日的世界錄》（全十集）——

這是《世界遺忘》的上一部作品。細音在ＭＦ文庫Ｊ的出道作。

其實《世界錄》和《世界遺忘》兩部作品，世界觀雖然有些許相似，故事的主軸卻正好相反。

兩部作品的共通點是主角及主角崇拜的英雄。

可是，兩位英雄的個性截然不同。

在我的上一部作品《世界錄》中登場的英雄，對主角雷英而言是絕對正確的道標，完美的指南針。獨自為其他種族調解糾紛，將精靈之劍處女座託付給後世，主角正確地「繼承」了他的意志。

本作《世界遺忘》則不同。

這個故事的英雄希德是被大始祖欺騙，會受到後悔與自責折磨的平凡人類，主角凱伊不會「繼承」希德的意志。

更進一步地說，連英雄（希德）之劍世界座標之鑰都是（大始祖的）陷阱。

——這種時候。

——主角憑什麼被稱呼為故事的主角呢？

我認為這應該就是這個故事和上一部作品《世界錄》成對比的部分。

※

當然，《世界錄》的故事也一點都不輕鬆，因為有過於偉大的英雄，主角一直被拿來跟那位英雄比較，為自身的無力煩惱不已——是這樣的劇情。

《世界錄》的小說共十集。（漫畫還在連載中！）

若各位有興趣，可以去看一下。已經看過《世界錄》的讀者，如果能趁這個機會重看一遍就太好了。

那麼，關於本篇的事情就講到這裡。

接著是漫畫版的消息。

《世界遺忘》漫畫版，在月刊《Comic Alive》上連載中。

可以看到ありかん老師精美的作畫及劇情安排，細音也衷心期待每個月的連載。WEB版是免費的，有時間的話請務必關注。

除此之外，請容細音花一點篇幅介紹同時進行的其他作品。

●Fantasia文庫

《這是你與我的最後戰場，或是開創世界的聖戰》（簡稱《最後聖戰》）

在戰場兵刃相向的劍士與魔女公主的傳奇奇幻故事。

這部作品剛出第六集，同時發售的漫畫版第一集，立刻決定緊急大量再版！

喜歡《世界遺忘》的讀者，一定會喜歡這個故事。

還沒看過這部作品的讀者也請多多關照。

最後——

除了封面魄力十足的冥帝凡妮沙外，還畫了超級可愛的彩頁的neco老師，以及細心地

幫我看稿的責編N大人，這次也衷心感謝兩位。

最需要感謝的是願意拿起本作閱讀的各位讀者，細音在此致上深深的謝意。

但願下次能在春天發售的《最後聖戰》第七集。

以及初夏發售的《世界遺忘》第七集跟大家見面！

於新的一年的開始　細音　啓

●補充

細音啟個人推特　https://twitter.com/sazanek

細音啟相關著作推特　https://twitter.com/sazaneKproject

開設了跟細音的個人推特不同的推特帳號，專門發布在各家出版社出版的的作品的情報。有興趣的話歡迎去逛逛！

NEXT

人類勝利後的世界——
為了拯救鈴娜等人的
關鍵是……？

為何我的世界被遺忘了？

Phy Sew lu, ele tis Es feo r-delis uc l.

第7集 近期發售

國家圖書館出版品預行編目資料

為何我的世界被遺忘了?. 6, 天魔之夢 / 細音啓作；
Runoka 譯 . -- 初版 . -- 臺北市： 臺灣角川股份有限
公司 , 2022.07

面； 公分 . -- (Kadokawa fantastic novels)

譯自：なぜ僕の世界を誰も覚えていないのか？.
6, 天魔の夢

ISBN 978-626-321-593-1(平裝)

861.57 111007256

Kadokawa Fantastic Novels

為何我的世界被遺忘了？ 6

天魔之夢

（原著名：なぜ僕の世界を誰も覚えていないのか？ 6 天魔の夢）

2022年7月13日　初版第1刷發行
2024年7月3日　初版第2刷發行

作　者：細音啓
插　畫：neco
譯　者：Runoka

發行人：台灣角川股份有限公司
總　監：呂慧君
總編輯：蔡佩芬、朱哲成
主　編：林秀儒
設計指導：陳晞叡
美術設計：李思穎
印　務：李明修（主任）、張加恩（主任）、張凱棋、潘尚琪

發行所：台灣角川股份有限公司
地　址：104台北市中山區松江路223號3樓
電　話：（02）2515-3000
傳　真：（02）2515-0033
網　址：www.kadokawa.com.tw
劃撥帳戶：台灣角川股份有限公司
劃撥帳號：19487412
法律顧問：有澤法律事務所
製　版：尚騰印刷事業有限公司
ＩＳＢＮ：978-626-321-593-1
